谁的人生没烦恼

No Messing Up,
No Charming Life

柳迦柔 —— 著

辽宁人民出版社

图书在版编目（CIP）数据

谁的人生没烦恼 / 柳迦柔著. —沈阳：辽宁人民
出版社，2023.1
ISBN 978-7-205-10374-3

Ⅰ . ①谁… Ⅱ . ①柳… Ⅲ . ①随笔—作品集—中国—
当代 Ⅳ . ①I267.1

中国版本图书馆 CIP 数据核字（2021）第 260865 号

出版发行：辽宁人民出版社
　　　　　地址：沈阳市和平区十一纬路 25 号　邮编：110003
　　　　　电话：024-23284321（邮　购）　024-23284324（发行部）
　　　　　传真：024-23284191（发行部）　024-23284304（办公室）
　　　　　http://www.lnpph.com.cn
印　　　刷：辽宁新华印务有限公司
幅面尺寸：145mm×210mm
印　　张：5.5
插　　页：10
字　　数：135千字
出版时间：2023 年 1 月第 1 版
印刷时间：2023 年 1 月第 1 次印刷
责任编辑：阎伟萍　孙　雯
装帧设计：留白文化
责任校对：耿　珺
书　　号：ISBN 978-7-205-10374-3
定　　价：48.00元

序 | PREFACE

心灵如壶，有风景小筑，韵味独特。如一种茶，一种味，细品慢酌间，茶与味相依，人与茶相融。茶与壶，更如空中云，静净朗清，又似山与雾，朦胧中，山是山，雾是雾，缭绕中更喜独处。

人与茶，可相近，云与雾，看似相近却很远，由是可观心灵，看似较近却相去甚远。

如心灵是一座花园，不可开启的秘密就藏于此。花园里有百花仙子，也有神仙的故事，讲故事的人和听故事的人，相对而坐，想法不一。

于是，所谓的心灵与文化一样，既无形又有形，看不见也摸不到，唯有去感受。

女孩儿遇到见异思迁的男孩儿，全力维护自己的爱情，仍不免竹篮打水，空悲切，人憔悴，悲伤与仇恨留存心间后，芥蒂不消除，注定成就一段人生怨愤情仇。

另一种郁积于心的情绪，与电脑一样，越不清理，垃圾越多。于是，排毒成为当务之急。

谁的人生没烦恼？疗伤排毒了沧桑。

当烦恼袭来，仰望幸福才能解脱忧伤；推开心灵的窗户，才能拂走心灵的尘埃；如何活出真实的自己？在三生花草里倾注真情，在灵魂的世界里浅吟低唱，活在水筑的灵魂里缅想，才能透过心灵的微笑，存一片净土给自己，成为完美不放纵的人。

如此，谁会悲伤？

每个人一生中难免会遇到挫折，如果陷入厄运绝境，精神就会崩溃，心灵也会随之进入黑暗与寒冷的世界，没有温暖，只有悲凉。如果打开心灵的那扇窗，就会发现，在阳光的照耀下，原来这个世界是那样的美好，花园里的鲜花正盛开，自然万物都是那么鲜活，鸟儿在歌唱，山泉在叮咚，美景让眼前一亮的同时，那些诗情画意的美好就会走进心里，就像克雷文勋爵，花园的门锁上了，可是心灵的窗子被打开了，快乐住进来，烦恼就走远了。

愿有缘读到这本书的读者，能与作者一起放松自己，给心灵排毒，推开心灵的窗户，在烦恼里仰望幸福，拂走心灵的尘埃，在精神自治里活出真实，享受幸福不放纵自己，给自己一份解脱，从而让悲伤远离，成为世上最快乐的那个人。

感谢于力兄、罗雷兄、赵明弟将走遍万水千山拍摄的原创作品作为本书插图，不仅为本书增光添彩，也让读者领略美好的视觉盛宴。

柳迦柔

于 2022 年 5 月 28 日

目 录 | *CONTENTS*

第一章

人生谁能没烦恼

　　生活中的许多成功都取决于我们自己的经历以及别人对我们的印象和看法，有些时候，很大程度上也取决于外界对我们的评价。一个人受到了外界的赞扬时，发自内心的快乐无异于年少时老师的表扬和鼓励。一个人在外面受到赞扬和批评的时候，内心里的想法是不同的。坎坷的生活能够让受到挫折的那颗心很快归于平静。而一帆风顺时的批评，在内心里则会郁闷许久。可是，我们有必要去为此烦恼、为此难过吗？

相思是一种精神状态

　　身处凡世，难免沾染红尘，红尘之上，不可诸事顺遂，一切的不顺都会导致烦恼的产生，从而让心灵受伤。比如陷入单相思、生活压力过大、遇到各种挫折等。不同的心境下，人们忧伤的程度也不尽相同，疗伤的方式方法也很多。可是，哭泣，应该是疗伤方式中很有效的一种。有人说，莫名的哭泣实际是一种相思病。而英国心理学家研究发现，相思不仅能激发人们作诗抒情的灵感，更有可能对人的精神和心理产生伤害。英国心理学家弗兰克·托里斯博士在《心理学家》杂志上发表文章说，在过去，由于爱情挫折造成的癫狂、抑郁和迷茫经常被渲染上罗曼蒂克的色彩，很少有人将其视为医学问题严肃对待。如果说古人将爱情失意造成的忧伤当成一种病并称其为相思病，那么，在现代社会里，这种类似的相思病不再是一种病，而是一种精神状态，与身体无关，只是一种心理上的忧郁和伤感。

　　无论忧郁还是伤感，最后的结局往往让当事人陷入苦闷和烦恼的境地，躁动、抑郁或者失去理智，严重者可致命。这种出在心理上的问题，就需要系统的心理治疗。古人一般在九月初九那一天登高呼啸，其实就是疏泄心中淤积的失意和怨恨，大哭、大叫、大闹都可以疏泄郁闷。之后，就会感觉心里轻松，让情感逐渐升华，全身心地投入在学习、工作和生活中。

在中山美穗和丰川悦司主演的日本电影《恋爱故事》里，已经30岁的美咲在创文书局当编辑，她在工作上没取得任何成就。一天，她被指派负责一个卖座作家永濑康的作品进度，但是已经两年没有出书的永濑康是一个自尊心很强的作家，跟踪他作品的负责人已经换了很多个。那天，美咲到他的住处拜访，两人语言不合，美咲惹火了永濑康，继而被公司开除。经过一番折腾后，美咲又被留下继续做永濑康的负责人。她很生气，但是为了能够继续做这份工作，不得不应承下来。因为没有创作灵感，永濑康已经两年没有写作，每天无所事事，遇到美咲后，在美咲的帮助下写了部非爱情的小说，本以为能够顺利出版。结果，小说却被另一个出版社出版。美咲在工作和爱情上都不顺利，就去找永濑康诉苦，在永濑康的面前，美咲毫不隐晦，洒尽了自己心中的痛楚。看着美咲的眼泪和苦恼，永濑康为以前死去的女友而封闭的那颗心又复苏了，两个人之间擦出了爱的火花……

电影中的美咲在哭泣过后，心灵如释重负，放下了过去的悲伤，迎来了新的生活。而男主人公在看到女主人公的哭泣后，竟然打开了心门，这是多么让人欣慰的一件事！其实有时候，放下，也是一种姿态。正像那些伤感的歌曲，也许听了更伤感，但是伤感过后也许会释然；很多歌曲的题目离不开哭泣，原因就是哭泣能够疗伤，如果忧伤了，不妨听一听那些伤感的歌曲，听的人会陶醉，也会清醒。

始于坎坷　终于宁静

　　现实生活中会发生许多让人流泪的故事。一对夫妻因为生活中的琐事会毫无顾忌地大吵起来，吵过之后，妻子会哭得痛不欲生，可是痛定思痛之后，日子还要过，生活还要继续，男人与女人的隔阂只像一只蚊子在脸上叮了个包一样，涂抹一点风油精，印痕褪下去了，吵架的事也就忘记了，哭过，闹过，生活又恢复了平静。

　　一个 8 岁的女孩，父亲为了养家，外出打工，母亲生病住院，女孩一个人住在农村的亲友家，体会了生活的孤独，却也塑造了刚毅的性格。为了给母亲送一碗自己熬的粥，她一个人从村子里出来，走了十多里山路，当她摔倒的时候，手里的粥碗却还紧紧地攥着。当她赶到医院，她的母亲接过粥碗，热泪一滴一滴地掉进了粥里。

　　虽然母亲心里很难过，可是女孩的内心是宽慰的。尽管女孩曾经憎恨过父母，为什么不能让她和其他小朋友们一样，每天无忧无虑地学习、玩耍？但是，后来她生病，邻居阿姨背着她去医院，天上下着雨，路上很泥泞，阿姨吃力地走着，她能听到阿姨清晰的喘息声，那一刻，她的心里很热，眼泪和雨水流到了一起。

后来，女孩的病好了，母亲也由于身体好转的原因提前回到了家里。女孩从农村回到家里与母亲团聚的同时，也遇上了一系列生活中的难题。母亲生病要住院，女孩要每天跑医院送饭，对于一个幼小的孩子来说何其艰难！而生活的挫折不仅没让她倒下，相反，却给了她信心。照顾好母亲，等待父亲的归来，就是这个女孩的信念。在挫折面前，这个女孩给我们树立了榜样。女孩周边的邻居，都夸赞女孩是个有担当、懂事又孝顺的孩子。

生活中的许多成功都取决于我们自己的经历以及别人对我们的印象和看法，有些时候，很大程度上也取决于外界对我们的评价。一个人受到了外界的赞扬时，发自内心的快乐无异于年少时老师的表扬和鼓励。一个人在外面受到赞扬和批评的时候，内心里的想法是不同的。坎坷的生活能够让受到挫折的那颗心很快归于平静。而一帆风顺时的批评，在内心里则会郁闷许久。可是，我们有必要去为此烦恼、为此难过吗？

卸下沉重　回归轻松

生活对我们来说意味着什么？我们已经用行动回答了这个复杂的问题。爱默生在他的《旅行日志》中写道："不论是荣誉还是不光彩，它都会伴随一个人的终身，这是一个很重要的事实。我们总是把自己所得到的一切归咎于他人的意志，殊不知我们所做的一切早已决定了我们最终将收获到什么。一个来到别人家门前，习惯于先询问一下是否可以进入的人，总能得到一个热情真诚的回答。"

生活本身就是一本教科书，它教会我们用爱心去善待每一个人，用大度去包容周围的一切，用纯洁去赢得人们的友情，用勤奋去做好每一项工作。因为生活不仅仅创造了生命中最难以忘怀的快乐时光，而且也为人们创设美好的未来带来新的希望。

在生活的世界里，我们不再觉得自己是多么渺小；在生活的画面中，也许我们就是那道瑰丽的风景；在生活的那本书中，相信自己就是故事的主人公；在生活的诗行里，每一个人就是精彩的绝句。只要我们感受了生活，生活从来就不曾把我们遗弃。

人在职场，很多白领女性肩负着一个公司或者一个部门的重任，在身处逆境遭遇坎坷的时候，如果不能向董事会解释，或者不能向上司解释，只能自己独自承受，所说的承受不仅是经济上的惩罚也可能是来自不同层面的压力，即使再要强的人，也会有坚持不住的时候。如果这个时候，找到一个可以独处的地方，酣畅淋漓地痛哭一场，将所有的委屈、无助都从心里发泄出来，哭过之后，整个人就会变得轻松。

有一首歌唱得好：看着你走远，眼泪模糊了视线；孤单的路面，有谁在想念；让我感觉疲倦，但雨放松了一切；在雨中哭泣就没人看见，雨天是我放声哭泣的时间；因为没人能看见我心里的思念，所有的感觉已变成孤单的路面……

悲伤的眼泪是流星，快乐的眼泪是恒星，流出的泪水释放了所有的悲伤，也是一种疗伤。人们来到世间的第一件事就是大声啼哭，哭泣，证明了他的存在，也许因为在羊水里浸泡得太久需要释放吧！

一个婴儿脱离了母体，他知道自己要独自面对这个世界，要从母亲的子宫里勇敢地走向人间，去当哭泣的玫瑰，让风吹开含苞的花蕊，哪怕一世受到冷落，也不要把自己遗忘在角落里，当忧伤寂寞的时候，可以放声哭泣一次，卸下心头所有的沉重，让自己回归轻松。

何愁心灵之伤不愈合

给心灵疗伤，最简单的方法是闭目养神，如果不能很快入眠，就想象着自己来到了一个喜欢的地方，那里有鸟语花香，那里有自然的山泉叮咚，轻动鼻翼，吸收天地间的一丝精华之气，让自己放松。在眼睛闭合的瞬间，减轻自己心中的烦恼，就像自己坐在音乐厅里倾听着一场音乐会，这时，自然的声音就是音乐的声音，在轻松之外，又有一丝感动，是日月山川赠予心灵的那种感受。

有些人，总是很受伤。因为感情纠葛而心情不好，因为不能放下一段情感，他们失去了进取的信心和勇气，他们却不知道，身边有那么多爱他们的人，为他们担心忧虑，而他们为了那份执着，继续默默地承受着那份冷落，继续徘徊在自己设置的枷锁里不能解脱，继续为那份不开心买单，其实大可不必。

为什么爱好广泛的人都有好人缘？是因为他们参加的活动多，接触的人多，见识也广，在遇到问题的时候解决的方法多，内心也比较强大。如果不想让自己的内心越来越小，就要多接触外界，培养自己的兴趣和爱好，用切实可行的方法给自己疗伤。

在生活的世界里，我们不再觉得自己是多么渺小；
在生活的画面中，也许我们就是那道瑰丽的风景；
在生活的那本书中，相信自己就是故事的主人公；
在生活的诗行里，每一个人就是精彩的绝句。

于力／摄

那片红叶，是经过了无数片的枫林，走过无数棵枫树，才选择的最精美的叶片。
一旦被精心收藏，不管在细雨绵绵的午后，还是在秋风萧瑟的时节；
不管在春意盎然的时刻，还是在夏夜蝉鸣之时，
都会在心的相册里，静静地安眠。

于力／摄

一个幽默的人同时也是性情开朗的人，富有幽默色彩的人，不管在哪一种场合下都能调节气氛，为身边的人带来阵阵欢笑。幽默就像润滑油，让发紧的大脑零件得到放松，又让人们的烦恼在笑声中远去。我们都看过卓别林的表演，在那些转动的轮子中，他在忙碌着，滑稽的表情和动作，让观众开心大笑，那一刻相信观众的脑子里不会再有烦恼，而是欢快的情绪占据了身心。据说，在美国广泛推行一种幽默疗法，这种疗法的最大优点是让人们舒展身心，多些欢乐少些忧郁，受到了普遍欢迎。

　　我们在与身边人接触的过程中，可能都会注意到，那些平时总是很喜欢说话的人，大多性情开朗。他们不仅愿意和其他人交谈，有时甚至可以自己滔滔不绝地讲一些句子，但这些人不是神经出了毛病，而是在发泄内心的情感。如果能宣泄出去，他们的心理就不再受到压抑，精神状态也会越来越好。反之，郁闷都憋在心里的人，则容易引发一些心理和精神上的疾病。

　　亲近自然也是解除烦恼的好办法。如果能欣赏美丽的山川，还有自然的花草，闻花香、听鸟叫，无论多么大的忧愁，都会被这样的环境所驱散。如果约上三五知己，一起到户外运动，做一次环岛游或者环湖竞走，运动归来后，是对生活投入更多的激情，同时期待下一次的开心之旅。很多朋友说，开心之后，就是想象，幻想着未来，对从事的工作充满了信心，也看到了更多的希望。尤其那些身体有疾病的人，因看到希望不再惧怕病痛，因内心的强大，战胜各种病痛的勇气也不断增强。

　　一首优美动听的音乐，既让人们解除疲劳，又让心灵得到了放松。音乐可以疗伤，得到了医生们的肯定。经常欣赏音乐，性格会变得开朗，心情也会越来越好。一个喜欢音乐的家庭，必是和谐的家庭；喜欢音乐的人，一定是热爱生活的人。除了对音乐的解读，人们还可以从读书或者书法绘画中得到愉悦。好书就是一剂良药，能够让病人快速康复，国外已经有这方面的案例。绘画不仅是一门艺术，也让人们从中找到快乐。在挥毫创作中，发泄的一种情绪可以释放心里所有的想法；在对艺术的鉴赏中，可以提升生活的品位，正是很多文人雅士的一种追求。

疗伤，为心灵疗伤，说起来简单，做起来其实有点难。不仅要心胸开阔，还要能宽恕别人；不仅让自己怡情有修养，还要放松自己，为自己寻找一种最佳的方式，将生活中那些不堪的重负、工作中那些难言的烦恼还有人与人交往中的那些无法排遣的误解，都默默地化作泪水，留在心里，流在心间。如果能做到这些，何愁心灵之伤不能愈合？

曾经拥有的和未来所期待的

人有七情六欲，难免不在某个时期对生活感到厌倦，即使再勤奋向上的人，也会有情绪低落的时刻。如果生活艰难，工作或家务繁重，谁还能去欣赏那些曼妙的文字？当生活过得一团糟的时候，怎样让自己脱离困境，又能从中得到解脱？

有两个故事，读后或许会让人觉得心境开朗。

第一个故事：

一个家境并不富裕的女孩，为了让父母过上好日子，也为了自己能挣到一笔去国外留学的学费，女孩既要承担起家庭的重任，也想给自己未来一个交代。女孩以自己流畅的英文找到了一份在涉外律师事务所做接待员的工作，虽然有一份工资，但是与女孩的期望相比还有很大的差距，女孩又找到了一份夜总会服务员的工作。白天，女孩穿着职业女性的服装，在事务所里尽职尽责；夜晚，女孩穿着夜总会服务员的衣服，端着酒水饮料在房间里穿梭。事务所里的人们都以为这位高傲漂亮的女孩是富家子女，可他们不知道女孩在下班后的艰辛。

虽然生活让女孩承受了太多的压力，但是女孩在父母的面前显得那么坚强。当日子一天天流逝，女孩在为自己的目标一步步向前走去的时候，没想到有一天晚上，自己的老板到夜总会来了，当他看到女孩端着盘子送酒水的时候，感到很诡异。他把女孩当成了虚荣又没有原则的女子，说出了许多伤害女孩的话，女孩哭了，她感到自己很委屈，并在一气之下辞职。

后来，当老板了解了女孩的情况后，主动找到女孩检讨了自己的言行。故事的结局是：老板不动声色地帮助女孩实现了梦想。女孩从自己的烦恼中解脱出来，几年后，又回到了事务所工作，不过这一次，她不再是接待员，而是执业律师。

第二个故事：

一位女子，在下岗后找了很多亲友帮忙，她想找到一份像样的工作，所谓像样的工作，就是很体面的那种。可是，她的美好愿望并没有实现。在忧郁、烦闷之后，她开始重新审视自己，为了生存，只能放下身段，她开始去中介寻找适合自己的工作。

中介所里，需要最多的就是钟点工。她找了两份钟点工的工作，虽然最初给别人家打扫卫生有些力不从心，时间一长，做得熟悉了，跟服务的人家也处理好了关系，大家互相谅解的时候，无论做什么都会很顺心。她很尽心尽力，在帮助别人打扫卫生的时候，从来不把这个看成是挣钱的工作，而是像对待自己家一样细致，通过努力，获得了雇主的好评。

在雇主相互间的宣传下，找女子做保洁的人家越来越多，女子自己做不过来，就组织自己的那些下岗姐妹们一起做，从保洁到接送孩子，直到提供月嫂服务，她们每天在一起很开心。故事的结局是：她们不仅有了事做，而且联系她们的雇主越来越多。

女子后来牵头，成立了家政服务公司，成为下岗再就业的先进典型。

生活中，总有一道幸福的大门随时会关上，门里藏着失落、失意和抑郁，可是，每当这道幸福之门被关闭之时，也会有另外一道大门在不知不觉间敞开，接纳我们的不愉快，拂走过往，带给我们新的感觉。每当此时，我们都应该懂得珍惜，因为，曾经拥有的，与未来所期待的，其实同样可贵。

活着　即是追求生命的过程

　　我们经常说，人生的道路漫长，其实日子屈指可数，人生的道路并没有想象的那样长。有一个人给自己画了一张表格，上面标注了 900 个月份，每度过一个月，就在上面画个对号，说明这个月已经不复存在了，就像我们放在储蓄罐里积累的硬币，每放进去一个，就增加了一块钱，而在花出去的时候，则一把硬币一次就可以花出。人生也像这些硬币，如果透支了身体、透支了亲情、透支了那些最宝贵的东西，在人生走到尽头的时候，真是追悔莫及。

　　我们总觉得日复一日年复一年是那么长久，可是仔细想一想：日子过去了就不再回来，光阴似箭是有道理的。来到这个世界上，有幸成为天地间一个大写的人，难免要经历痛苦和坎坷。就像夏季暴雨过后发生的洪灾，有那么一群人被阻隔在高山上，没有食物也缺少衣服，在等着救援的那一刻，他们多么孤苦无助，可是看着被洪水冲走的亲人或者邻居，没有人愿意跳进水中结束自己的生命。当地震灾害发生后，那个被救出的孩子在九死一生后躺在担架上向救助他的人们敬礼，在被压在石板下的那一刻，他不会放弃生的希望。尽管有天灾人祸，可是人们都挺了过来，仍然顽强地活着，因为生命总能绽放异彩，活着，就是一切。

很多人不迷信，但是去了殡仪馆参加葬礼后，他们都会对自己的人生和未来有新的思考，对于名利之外的东西不再不择手段、孜孜以求，对于自己的健康也开始特别注重，关注健康、远离疾病和死亡成为多数人的共识。可是，总有一群人，身体没有什么毛病，甚至很健康，只是心理出了问题，或者遇上一些难题，总是走不出思维的小圈子，把自己局限在没有活路的框框里，让人生陷入了悲哀的结局。联合网站曾经刊登世卫组织精神健康与药物滥用部门主管萨克斯纳在日内瓦举行的记者会上的发言，他提到："全球平均每40秒钟就有一人自杀身亡，自杀问题给世界造成了巨大的健康和社会负担。死于自杀的人数，超过了凶杀和战争导致死亡的总和。但这一问题通常伴随着耻辱和沉默，未能进入公众的视野。每年全世界有近百万人自杀，而相当于这一数字20倍的人尝试过自杀，这一现象造成了严重的生理和心理后果。"据联合国统计：1998年全球死于自杀的人数占疾病死亡总数的1.8%，到2020年，这一比例将上升至2.4%；而青年人在自杀死亡中所占的比例日益增多。在15岁至44岁的人口中，自杀是导致死亡的三大原因之一，在15岁至19岁的青年人中，自杀是导致死亡的第二大原因。

多少身患疾病的人住在医院里，为了能让自己健康地活下来忍受着治疗的疼痛和夜晚的孤苦寂寞，他们只有一个信念，活下去！而那些不顾惜自己，放弃了与亲人相聚的机会，走向死亡的

"勇士们"却放弃了宝贵的生命。相传尸体被火化的时刻，是站立着的，然后迅速地熔化在炉火中，剩下的是骨灰。假如一个人的肉身去了，谁还相信会有灵魂存在呢？

有人说，人死了精神还在。可是，能够做到万古流芳的又有几人？当人们活着的时候，无论从事什么职业，无论身份高低贵贱，都应该顾惜亲情。父母给予的是生命，并在艰难中抚养孩子长大，不去回馈父母、报答父母的养育之恩，却在年轻之时离开他们，是做儿女的不孝。每个人都是独立的，但是离开父母亲人势必是孤独的。同样，没有了物质的赐予，单纯的精神世界也不会走得太远。

一副扑克牌里有大小王和红桃、黑桃、方块、草花四种共计54 张牌，有人说，54 张牌有十八种寓意，我说，54 张牌每一张都有自己的含义。排列在前十位的是健康、亲情、事业、家庭、知识、快乐、住房、美食、友情和爱情。健康让你拥有一切，健康的人生才完美，是很有道理的；亲情给予人们能量，在亲情的关爱下体验到的是一份份温暖；事业是向上的动力，也是进取的源泉，有了事业，才不会虚度人生；家庭就是温馨的港湾，有家有爱人生才完整；知识代表着一个人的修养和学识，知识就是力量，更是打拼事业的基础；快乐是人生中最重要的一部分，拥有快乐，才能让心灵健康；住房是享受生活、让自己获得快乐的前提；美食不仅让人们汲取营养，还能塑造健康的体魄，也是生存的根基；友情带给人们愉悦，也让生活的本身增加更多乐趣；爱情是亘古不变的伟大主题，爱情是家庭的依托，没有爱情，人们的生活就会乏味。

从牌运看命运，出牌、发牌和洗牌之间，总有奇迹出现，所以，追求永在。人活着，即是不断追求的过程。一个没有追求的人，生活就会索然无味。每天不知道自己要做什么的人，和不知道为什么活着一样，都是没有追求也没有目标的人。这种人看似散淡平凡，其实是慵懒。有人说：慵懒不好吗？不是所有的人都会说慵懒不好，因为慵懒是有条件的。如果衣、食、住、行都有了依靠，可以适当地让自己慵懒一下，过上慢生活曾经是人们的向往和追求，可是面临一堆难题，今天吃饱了饭明天都不知道去哪里才能让自己生存下来的人是没有资格慵懒的。如果不想众叛亲离，如果想要衣食无忧，就不能慵懒，因为生命是需要感知的，感知慵懒就是浪费生命。

　　在玩扑克的时候，谁都想知道决定胜负的最后一张底牌，其实，那张左右整个牌局的底牌并不是小小的一张牌，而是能够把握这张牌的那个人。就像我们，每一个人都有一把牌，拿到最后，去翻起底牌的就是我们自己。

生命中的不朽离我们有多远

　　生无遗憾，死而不朽，大概是活在世上的每一个人所追求的一种愿望或者是潜意识里尚存的一丝梦幻。然而，当我们从学生时代起，就一直在探询着这样的话题：生命能否不朽？灵魂能否永恒？尤其是每年的清明节去祭扫烈士墓的时候，脑海里总是留下这样的句子："伟大的英雄们永垂不朽！"每一次参加葬礼，在花圈的缎带上总会看到：某某某永垂不朽！于是，不朽成了一种疑问。随着年龄的增长，看到关于不朽一词的用途也多了，便不再刻意地去了解不朽的本质和内涵，在随波逐流的心境中，在尘世浮华的喧嚣里，渐次地忘却了不朽的存在及其含义。

　　直至拜读米兰·昆德拉的小说《不朽》之后，突然顿悟：所谓不朽，不是基督教意义上的灵魂不死，而是世俗功名意义上的功成名就，名垂青史。而功名之心，人皆有之。所谓"名者"，就是不朽。

　　在小说《不朽》中，昆德拉结合所描述的人物阐述了关于不朽的四种不同理解，让我们从中对于不朽有了深刻的认识。

　　一是比较世俗的不朽。即死后活在后人的记忆中，人人都能获得程度不等、延续时间长短不一的不朽；二是躺在棺材中的不朽。那是一个乡村行政官员在自满自足的时刻，到棺材中任思绪飞扬，沉湎于自己的不朽；三是与死亡同时而来的不朽。当死亡逼近的时候，死亡与不朽是不可分割的一对。正如歌德和拿破仑的见面，那是不朽的统帅和不朽的诗人间难忘的会见，诗人的不朽可以任由我们评说，而军事统帅是更加不朽的人物；四是人们逝去之后存于身后的不朽。正如歌德与贝蒂娜之间受到威胁而岌岌可危的不是爱情，而是身后的不朽一样。

我们每一个人都有自己的名字，虽然那只是一个代号。然而，每个孩子从出生之日起，或者未及出生，他们的父母就已经绞尽脑汁地为他们起着最得意的名字，而这名字能否永垂青史，是否能够不朽，却不得而知。因为起名字的时候父母都寄托以美好的愿望，希望子孙在延续，那也是一种不朽。那是一种存在的不朽。

在小说《不朽》中，昆德拉使用了大量篇幅描述着诗人歌德与贝蒂娜那值得怀疑的爱情故事，尽管这个故事已经被许多文学家和史学家写作过，但是，昆德拉站在不同的写作角度，再去描写这段往事的时候，所要说明的不仅是一个泛泛的爱情故事，而且是有深刻的内涵存在其中。不仅揭示着贝蒂娜早有预谋的、装作天真烂漫的孩子式的对歌德的勾引，而且试图通过这种描述让人们看清楚贝蒂娜"不是为爱情而战，而是为不朽而战"的真实面目。因为贝蒂娜从开始就在和歌德玩着一个爱情游戏，尽管被歌德所识破，但 26 岁的她与 60 多岁又没有几颗牙齿的歌德调情的目的，就是为了要实现她自己设计的不朽。

从贝蒂娜的设计中，昆德拉告诉我们："人们即使可能提前设计、操纵并照章实施安排一个人身后的不朽，那最终的结果也绝不会符合原先的意图。"因此，人们可以事先设计成为不朽的人，而不朽能够产生什么意义不是事先能够决定的。

　　昆德拉不仅引导着我们去理解不朽，更用小说中一贯使用的较强的叙事性语言阐述着死亡与不朽的关系：死亡会给人以最大的灵感；死亡犹如施弄魔法的女巫；死亡会转化为诗歌的精华。因而，对于贝蒂娜来说，歌德"愈老就愈有吸引力。因为他愈接近死亡，他就愈接近不朽。唯有死去的歌德才能紧紧抓住他的手，将他引入名人殿里。他愈接近死亡，她就愈不愿意弃他而去"。因此，昆德拉得出这样的结论：凡有死亡之处，定有不朽存在，它是死亡的伴侣；浪漫派谈论死亡时，正如贝蒂娜谈论歌德那样熟悉。

　　昆德拉还将不朽分成两种类型：一种是"一般的不朽"，即熟人之间的怀念。另一种是"伟大的不朽"，即一个人死后仍然活在无缘无故的不相识的人们心中。而这种"伟大的不朽"，正是昆德拉所深思的内容，这种深思实际上也是对被死亡所限定的个人境况的深思。因为昆德拉总是以那些故事为道具，而目的是在"考问'历史'的真实性，反讽'不朽'和'不朽者'"。

　　小说中涉及的不同的名人对不朽也有不同的理解。歌德对不朽的结论是："不朽即永恒的审判。"而海明威说："我不反对我的书成为不朽。我写书时，一个字也不许删除。要顶住任何逆境。而我本人，作为一个人，作为厄内斯特·海明威，我对不朽毫不在意！"

昆德拉写道:"我们每一个人都有一个愿望——超越性习俗、超越性禁忌,怀着抑制不住的欣喜涉足于那一方禁地。但我们每个人只有那一点点勇气⋯⋯"无论是《面相》还是《拼搏》,无论是《情感型的人》还是《巧合》,及至《天宫图》和《庆祝》,无不展示着昆德拉的不朽,以及他所嘲讽的"不朽"和"不朽者"。

一部《生命中不能承受之轻》奠定了昆德拉在当代小说史上的地位,而一部《不朽》的出版,使昆德拉成为当年"诺贝尔文学奖"的六位候选人之一,并连年获得提名。"这部阐述男人与女人关系的作品,将主人公保罗与妻子、小姨子的故事同19世纪的歌德与风流女人贝蒂娜的传奇故事平行展开,使故事与传记同时并存。"其独特的创作思想,进一步展示了当代世界级文学大师的风范。也正因为如此,小说《不朽》获颁以色列"耶路撒冷文学奖"。在这部获奖的作品中,我们了解了昆德拉小说的风格,也随着昆氏深究了灵魂和不朽的根源。

生命中的不朽究竟离我们有多远?能否实现不朽?并不是预先可知的。我们可以设计不朽,并不能实现不朽,名垂青史的不朽与灵魂永恒的不朽,都具有不同的超现实的意义。也许,这就是小说《不朽》所要回答的问题。

第二章

总有一扇窗子会打开

　　无论是谁，穷人抑或富人，一生中难免会遇到挫折，不如意之事十之八九，如果陷入厄运绝境，精神就会崩溃，心灵也会随之进入黑暗与寒冷的世界，没有温暖，只有悲凉。如果打开心灵的那扇窗，就会看到照射进来的阳光，就会发现，在阳光的照耀下，原来这个世界是那么美好，花园里的鲜花正盛开，自然万物都是那么鲜活，鸟儿在歌唱，山泉在叮咚，美景让眼前一亮的同时，那些诗情画意的美好就会走进心里，就像克雷文勋爵，花园的门锁上了，可是心灵的窗子被打开了，快乐住进来，烦恼就走远了。

选择自己所爱的

有这样两句话，我觉得很有哲理。一句是：选择自己所爱的，爱自己所选择的，不求与人相比，但求超越自己。另一句是：人生就是一场旅行，不在乎目的地，在乎的应该是沿途的风景以及看风景的心情。

由此想起曾经读过的一篇科幻小说，是一个描写眼睛的故事：一个在太空实验室生活的女孩，内心里萌生了要去看世界的想法，可是她一直都没有机会走出实验室。有一天，实验室里的同伴被派去草原执行任务，她也想一起去，却遭到了拒绝。经过努力后，还是不能如愿。她想了一个办法，让同伴出去的时候带上她的一双眼睛，同伴不忍心带着她的眼睛，她诚恳地对同伴说自己多么想看看那广阔的草原和长满蒲公英的原野，同伴不忍心拒绝她。为了实现她的愿望，她就那样可怜地被同伴带着一双眼睛，在城市与乡村里游走。

那篇文章让人感动，虽然带着别人的眼睛去旅行，去看外面的世界只是科学幻想故事的一个描述，却让读者体会到了那双眼睛当时的幸福。那双眼睛是多么珍贵，就像拥有眼睛的那个人，

人生就是一场旅行，
不在乎目的地，
在乎的应该是沿途的风景以及看风景的心情。

于力／摄

纵读是一幅写意的山水画，横看是一份蕴含哲理的精神食粮。
在画的意境里漫步，观尽人间美与善；
在精神的长廊里盘桓，闪耀着智慧之光。

于力／摄

在眼睛看到的地方，发现生活，感受生活，虽然她没有选择的能力，但是她能想办法超越自己，实现自己的梦想，用珍惜的态度去看待生活的每一天。

就像一枚红叶，无论夹在散发着清香的文集里，还是在心灵的相册里；无论岁月逝去多少年，都会重新翻看，努力忆起当年采摘时的情形。那片红叶，是经过了无数片的枫林，走过无数棵枫树，才选择的最精美的叶片。一旦被精心收藏，不管在细雨绵绵的午后，还是在秋风萧瑟的时节；不管在春意盎然的时刻，还是在夏夜蝉鸣之时，都会在心的相册里，静静地安眠。

精心采摘的红叶，谁都渴望它的叶片永远保持着那份鲜红，即使经历过岁月的洗礼，也能永不褪色。慢慢地，那片红叶会成为住在心里的一颗太阳，给采摘的人指路、照明，让他的心透亮无比。

生活中的红叶和心中的红叶都值得珍惜，就像珍惜自己的一双眼睛。无论朝阳升起，还是月落时分，都要精心地呵护。因为珍惜，所以感恩。就像那傲雪的红梅，无论是江南的秀色里，还是北国的凛冽中，都能绽放在心头。在冬雪飘飘的时刻想起她，遥寄一树思念的絮语，在飘雪的早晨让她领略春的温暖；那一刻，就会感受到春光的明媚、夏雨的滋润、秋风的清凉、冬雪的随意，飘落在心间的虽然是一剪寒梅，却被浓浓的友情包围，融化在三月里即将解冻的河面上，看着那一层层的冰排爆裂，梅的碎瓣散落其间，化作落红点点，在心语的瞬间里，回首岁月的足迹……

如果拥有一双可以看世界的眼睛，就该欣赏这世界的风景，就像一枚红叶，在珍藏的同时，不要忘记。对难以得到的更要珍惜，对于看不到的风景，不要放弃希望，只要有希望，就有幸福。

当我走向你的时候

20 世纪 90 年代有位诗人，名叫汪国真。那时的很多年轻人在各种演出场合表演他创作的一首诗，诗中写道：

当我走向你的时候

我原想收获一缕春风

你却给了我整个春天

让我怎样感谢你

当我走向你的时候

我原想捧起一簇浪花

你却给了我整个海洋

让我怎样感谢你

当我走向你的时候

我原想撷取一枚红叶

你却给了我整个枫林

让我怎样感谢你

当我走向你的时候

我原想亲吻一朵雪花

你却给了我银色的世界……

    这首诗当时的理解就是一首爱情诗，现在看来，诗里充满了感恩和怀恋，曾经唤起了一个时代的人们对诗歌的关注，因此印象深刻。

    那一天搬家后，我遗失了很多书。虽然都是人为的因素，却也不免难过。尚未走出失去书的遗憾，又突然发现，游览香山时购买的一套红叶书签也找不到了。翻遍了所有的箱子和柜子，仍然没见到那些红叶的踪影。所以，心情很糟。

    那是一套塑封的香山红叶，火红的叶片，隐藏在一行行小诗之间，那是汪国真的诗《感谢》，分别被印在这一套红叶上，魏碑体的字迹是我最喜欢的那种，当时买回来几套分送给朋友，自己留的唯一一套却丢失了，怎能不令我遗憾？

    当时我惊诧于这个创意是多么独特，在红叶本身的浪漫之外，又倾注了诗歌的内涵。而这诗歌又是多么吸引人，那感谢的诗句流畅而又富有哲理。犹如我们的同学友情那样值得回味和感激，以至在登山的过程中曾经发生的那一幕总是浮现在眼前。

    那一天登香山，我和二哥、三姐、四哥（学兄、学姐）一直走在了前面，一路望着满山的枫叶，攀登到山顶。在尽收眼底的枫叶的火红里，合影留念。那一天正是"香山杯征文大赛"，山上的人格外多，在条幅下和哥哥姐姐留影后，焦急地等着其他姐妹们。当老八擦着脸上的汗水搀扶着大姐一路走到我们身边的时候，在我们的一再追问下，她才讲述了关于大姐在山坡上昏倒的事。

大姐年长我 10 岁，作为一位被列入联合国教科文组织的名校校长，她渴望用全新的教学理念去管理一所 4000 余名学生的学校，在她的芳草地里自由耕耘。于是，她以顽强的毅力和我们一起学习教育与经济管理课程。那段时间里，因为工作的操劳，又由于天气炎热和身体的原因，大姐在走到一半路程的时候，突然昏厥在半山坡。事后，老八告诉我，当时她很担心。从来没有那样恐慌过。大姐躺在那里，很安详，如同睡着了一样。其实，她的心脏真的是停止了跳动，虽然只是短暂的偷停。后来，一位游览至此的老医生，用各种救护办法使大姐恢复了知觉。她那白皙如玉的容颜慢慢又焕发出动人的光彩。至今我也不清楚一向乐观开朗的大姐怎么会得这样的病。

醒来后的大姐在老八的陪伴下，顽强地向山顶攀登着。当我听了大姐的这段经历后，很后悔没能在后面与大姐一起前行，总是改不掉那走路风风火火的习惯，难怪常常有朋友批评我不够淑女，确实如此。

在后来的学习过程中，曾有两年时光与大姐同处一个寝室，与大姐的距离近了，朝夕相处，在度过愉快的学习时光的同时，也多了一份对大姐的牵挂。在内心里，我总是担心大姐再有什么意外。所以，直至现在，仍然在工作之余，不时地打扰大姐一次，无论她是否有时间，都要唠叨一句：身体是否安然无恙？

从游香山，到与大姐朝夕相处，我从大姐的身上学到了许多为人处世的诚恳以及待人的宽容，懂得了许多为官谦虚而清廉的美德，大姐的话语使我受益无穷。

　　感谢香山的红叶，更感谢大姐；珍惜同学友情，更珍视今天的一切。虽然我的红叶遗失了，再也无法找寻，但那份感激的心情连同珍贵的友情永远珍藏在心间。珍惜，让我们拥有这份友情，遥遥旅途没有驿站；珍惜，让我们固守那份真情，心灵之旅没有终点；珍惜，使我们成熟，收获着岁月的赐予，认真地对待生活，收获着岁月赐予的果实。

让阳光驻守在心灵的深处

央视电影频道曾经播出过一部电影，名为"村官李八亿"。电影讲述了这样一个故事：荒土梁子村前任村委会干部腐败事发，乡里督促要尽快选出新的村官来主持工作。很多人怀着各自的目的来竞选。乡亲们吸取了教训，要选出村里最老实的人来当这个村官。这样，木匠李八亿就被投票选中了。他知道是个"火坑"，于是，连夜逃跑，乡里刘秘书报案，他被没听清楚的派出所民警给抓了回来。李八亿被迫走马上任。李八亿一上任就遇到了一堆棘手的事，为了尽快辞掉这个村官，李八亿跟乡里私下定了决议，只要解决好打井、卖白菜等问题，就可以不再当这个闹心的村官了。李八亿用自己的土办法和小聪明，克服了一个又一个的困难，赢得了老百姓的口碑和美好的爱情，他在工作中也逐渐喜欢上了村官这个角色……

在观赏那部电影时，影片里的幽默让我回味了很久。后来，在现实的笑声中我期盼了很久，终于收到了编剧李铭签名的小说《村官李八亿》。李铭在书的扉页上写道：

我感谢脚下的土地

是它赐予了我无上的灵感

是它把大爱的四季

囤积在我的脚边

让记忆的村庄温暖而感动

我感谢生活的艰苦

是它矗起了行走的坚强

是它激励起一支笔的跋涉

千山万水

只为把文学的梦想坚持到底……

　　读了这本书后，立即对"推开心灵的窗户，这里稻花飘香"这句话有了更深的感悟。村官的幽默、教师的奉献、骑往春天的自行车的梦想、充满阳光生活的渴望、幸福的月亮、春草绿和秋草黄、即使飘落的雪花都有隐隐的幸福，那些小人物的闪现，都"以悲悯的情怀，人文的关怀，平视而温情的眼光，诗性的幽默与欢笑，真实地再现了改革开放 30 年农村社会转型期的人性释放和自强不息的生存状态"。

　　李铭是农民的儿子、农民的作家，他写的书都与农民的喜怒哀乐有关，那些根据农民的故事写成的心路历程，不时地让人们回味，李铭曾经的内心世界，一定挣扎过，也一定闭塞过，但他却在自己的心灵忧伤里，给观众和读者带来了阵阵笑声。

　　李铭说："在乡间，当你不肯向那些愚昧低头，不肯向早就给你安排好的命运屈服，那么你就注定要付出沉重代价。每个闯荡都市的乡村人，他们都有着自己的故事。走进每一个故事，就走进了一颗颗充满希望的心灵。它们曾经温润了我的人生，叫我变得敏锐而多情。于是，我创作了小说《我们的生活充满了阳光》。"在当时的乡间，从订婚到悔婚不是一件小事情，影响是深远的。"艳秋"虽曾经背负了很多屈辱，却仍然保持着一份固有的尊严，对生活充满了憧憬，一如那灿烂的阳光驻守在心灵的深处。

李铭小说的内容每一篇都离不开一个与心灵有关的内容，每一篇里的主人公都充满对幸福的渴望，又在寻找幸福的路上让自己的内心一次次受到震撼，最后打开了幸福的窗子，给心灵透出一丝阳光。不仅让读者体会到亲切、温馨、善良，还能感受到作者深切的悲天悯人情怀和正义感、责任感、道义感。他呼唤良知与灵魂，堪称让心灵得以复苏的良药。

李铭谦逊地说："生活，没有生活，就没有文学。生活对每个人都很平等，不存在厚此薄彼的事情。生活是庞杂的琐碎的，需要你用敏锐的心发现，需要你用悲悯的情怀感知它的温暖和疼痛。连这点感觉都没有的话，是做不了作家的。我感恩我的生活，它给了我多维的思索空间和多项的情感体验。我从来没有觉得我缺少生活，所以我还能够不断地写出作品。尽管这些作品不是很完美。其实，一切都没有改变，也不曾改变。民工也好，作家也罢，真诚是我所需要保持的珍贵品性。"

作为曾经的农民，李铭守着不多的土地在写着小说和剧本，没有人给他开工资也没有人给他经济上的保障，他靠自己的努力在抒写农民、书写人生以及幸福。因为他知道，有了幸福相伴，贫穷就变成了极致的浪漫。于是，他把写作的过程，定义为回家的过程，还有开启心灵之窗的过程。

在这样的过程中，他创作了一个个栩栩如生的人物。他和主人公一样悲喜、一样忧伤、一样快乐，一同走向幸福和温暖。也许，一般人体验不到李铭创作的艰辛，因为家境贫困，他只能在初中毕业后就辍学打工，开始艰难的生活。尽管他的梦想是做个小学老师。带着对梦想破灭的迷茫，他在街头卖过四年菜，在建筑队做过六年民工。在十几年的底层打工生涯中，他先后做过水泥厂的搬运工、菜贩子、民工、炊事员、酒店的保安，等等。这些不同的角色，使他对生活的体验和感悟更加深刻，于是，揭露社会底层生活，表达对人生与人性的思索和对情感的宣泄成了他每天必做的功课。他在忙碌的生活的间隙，拿起笔，勇敢地写作。通过在文学院的进修和自己的努力，终于成为签约作家。

因为做人的真诚，因为对生活的厚重积淀，才有了今天的文学成就，才让我们读到了浓缩了生活的精髓和真挚的人间大爱的作品，记忆深处那些有血有肉的人物形象，是他赠予我们发自灵魂的深层次意义上的思考。在痛苦与丑恶中，折射出人间的温暖，也让人们看到了一丝温暖的火花。

忘掉所有的烦恼和不快

　　走在街上，会看到很多人愁眉苦脸，似乎有许多打不开的心结。没有人知道他们曾经经历了怎样的遭遇，因为遭遇不能写在脸上，而对生活的绝望却能通过面部表情体现出来。一个对生活绝望的人，他的面部表情是麻木的，冰冷的，他不会主动与人交流，不会与周边的人沟通，甚至和外界隔绝了。究其原因，就是这些人将自己的心灵之窗紧紧地关闭了，没有了心灵的沟通，也不让快乐涌进，他们的内心世界晦暗无光，已经不能照耀进阳光。

　　大部分在外边漂泊的人，心里都是无根的感觉，这些人也常常因为心理压力大而内心世界里充满了绝望。这些绝望的人，虽然在事业上仍然在奋斗，但是内心里很迷惑，已经没有了方向。在异乡的夜色下，他们孤独地行进着，即使也与外界接触，他们谈的都是工作，很少去谈自己的生活。难怪，都市生活的脚步匆匆，他们不敢有片刻喘息的时间，只能在自己的内心世界里执着地活着，无论如何，也不肯轻易开启心灵那一扇窗。

　　其实，人们的选择很多。为什么要封闭自己呢？快乐的日子很多，天空中不是总有阴霾，有阳光的日子总比乌云密布的时刻要多。心灵闭锁的人总是抱怨漂泊，可是是否想过在漂泊的路上，会看到更多别人看不到的风景呢？

开启心灵之窗的选择很多，虽然窗子关上了，但是只要找到了钥匙，就会打开对应的那把锁。

因为不想看到病人痛苦的脸，医生还要去工作，能够给患者治好病，医生就是幸福的，因为有人需要你的治疗；因为不想见到公司里那些内斗的人，所以不想上班，但是要知道，自己还有一份工作，别人的争斗与自己无关，有工作就是一份幸福，至少不用为吃、穿、住、行发愁；因为自己的身体不好，所以担心忧虑，但要记得，生命仍然存在，一个鲜活的生命才是最为宝贵的；因为有了竞争对手，心生抱怨，其实大可不必，没有竞争就不会进步，在对手身上学到了从别处学不到的东西，应该感谢对手；因为父母年岁大了，心里慨叹他们离你而去的日子越来越近，不免心里悲哀，但至少他们仍然在你身边，想见的时候可以随时见到，想听他们的声音打个电话就可以做到，这就是一种幸福，心中同样要充满感激。

有太多的理由让人们敞开心灵之窗，封闭自己，就看不到灿烂的阳光。雨后天边最美丽的那道彩虹，是留给打开窗子的人看的，就像幸福，打开了心灵的窗子，幸福就会自然来。有人说："我想在大地上画满窗子，让所有习惯黑暗的眼睛都习惯阳光。"这个想法很好，习惯了阳光的人，才会让阳光照进心灵，才会抛弃黑暗。一个不给内心留有黑暗的人，是一个全身心都获得舒展的人，他会忘掉所有的烦恼和不快乐，不论失败还是痛苦，在他的心里都不会留存。

　　把自己从枷锁中解脱出来，多到外地去旅行，能够发现景色的秀美，那些美好的时光，不仅存在于自然的风景中，也存在于心灵的世界里，只有开启了心灵之窗，才能闻到飘香的稻花，才能看到那些诱人的风景。

心胸像草原一样开阔

作家鲍尔吉·原野说过，文字是用来倾吐心声的。我们的文字里，或忧伤、或快乐；或悲愤、或兴奋，每一笔一画都有组成的道理，每一种文字都有自身的内涵和哲理。就像我们写文章，从来都不希望平淡地叙述每一个遇见的人和经历的事，而是在每一篇文字的背后都说明一个道理。写字的人，不喜欢直接给读者答案，而是引领读者在充分享受阅读的快乐的同时，同步去思考，去拓宽自己思维的空间。文字的奇妙就在于此。

张晓风曾经盛赞原野的文字：我读其文，如入其乡，如登其堂，和每一个居民把臂交谈，看见他们的泪痕，辨听他们的低喟，并且感受草原一路吹来的万里长风。草原是广袤的，开阔得让人羡慕，如果一个人的心胸也这样开阔，心灵的世界必定是宽广的。

原野是蒙古族人，我所了解的蒙古族是歌唱的民族，他们走到哪里，哪里就会有高昂的牧歌，马头琴的乐声会带着诗的韵律，在歌者的思绪中回顾、歌唱、流过岁月的溪流。我读过原野的《雨顺瓦流》《骑马听歌》《树叶的歌声》《对酒当故乡之歌》

等文章，这些文字，只看标题就会联想诗意的歌、有节奏的歌、悠闲的歌、富于自然神韵的歌。《云良》是一首蒙古族民歌，在原野的笔下，通过这首歌再现着一个民族歌者的历史，及至《腾格尔歌曲写意》，这位草原上的音乐王子，每当听到他的名字，就会想起辽阔的草原还有美丽的《天堂》及他所带来的旷远深邃的歌的旋律。也许，生活在草原的人们离不开歌唱，因为自然赋予了他们广阔的舞台，他们得以在城市的水泥森林之外舒展歌喉，抒发内心的喜怒哀乐，让它们在绵长无边的草地上回荡，就如原野坐在城市的家中写着这些美丽的文字。更让人们感动的不仅是这些文字，而是文字里不时倾泻出的快乐。

那个善良而又聪慧的男孩巴甘，那个热心的女教师，还有这样令人难忘的一段话："美好的事物永远不会消失，今生是一样，来生还是一样。我们相信它，还要接受它。"美好的事物会带来幸福，幸福不会消失，美好就会永存。

《大雁幸福》《特区的动物朋友》《草》《风》等如一幅漫画描摹着周边的世界和动物，细腻的文字让周遭的一切都变得那么温婉；《父亲》《骑兵流韵》《蒙古男人》《其其格姨妈》等刻画着人物的不同特征，他们不向命运低头，在生活的创伤中体味着亲情的温暖，也了解了生活的内涵。《寻找鲍尔吉》，在幽默的叙述中让我们深思。

真性情的人，必定流露出与众不同的书写方式，在叙述中让人感动。带来这种感动的人，原本内心就足够强大，而时刻对草原充满着热爱、离开草原又有无数忧伤的人，这种尊敬本民族人士的景仰与感恩会感染身边的许多人。

如果春天的原野上满眼都是绿意，人们不会感到奇怪；如果夏天的原野上盛开五颜六色的花，也契合自然规律的意象；而秋天的原野上零星地散落着的小花，则显影着艺术家竭尽全力所要捕捉的瞬间美。无论是描写英勇无畏的骑兵父亲，还是草原上的女子云良；无论是马头琴曲《嘎达梅林》，还是《腾格尔歌曲写意》；无论是对天真的阐释，还是留恋生活的情愫，都能恣意地在笔端倾泻，这种豪放的性情，既回归了本真，也保持着独特的文字特色。

　　对待生活的态度，与对待文字一样，需要引起共鸣。原野的文字，诚，处处弹拨读者的心弦；原野的文字，真，句句抒发灵魂的丝语；原野的文字，纯，摈弃了当今社会里那些功利的杂音；原野的文字，善，洋溢着美好人性生命内灿烂的乐符。如果有幸看到原野的笔迹，那些文字就是旷野歌唱的乐谱、艺术画册的题字，用飘逸、潇洒这样简单的文字不能完全概括，只能以洒脱、汪洋恣肆来表达，这样的文字在旷远中让人们思索，这样想着的时候，人们的心胸没有办法不开朗、不豁达。

　　每当郁闷之时，应该读读鲍尔吉·原野的书，因为他写活了他所身属的原野。故乡胡四台的趣事，让他记载着蒙古音乐笔记，慨叹着吉祥蒙古。随着意境的不同，文字的表述也不同。从胡四台的阳光碎片到蜜色黄昏，从小羊羔到时间观念，每一处描写，每一件小事，读后都令人难忘。每次阅读，闭目遐思，心间无不洋溢着快乐。那些羔羊、那些小狗，那阳光和黄昏甚至伊塔胡的候车室都在眼前出现，天际下挂着一幅幕布，上面演出曾经看过的电影，苍穹下的大草原越发辽阔，读着的时候，心胸也越发开朗。

　　文字有时是神秘的，尤其是那些启迪心智的文字。文字能抒发心灵的感受，也能够破解神秘，让文字回归本真，用最朴实的语言去描写、去雕琢，为文字赋予了灵性，让文字插上翅膀飞翔。纵读是一幅写意的山水画，横看是一份蕴涵哲理的精神食粮。在画的意境里漫步，观尽人间美与善；在精神的长廊里盘桓，闪耀着智慧之光。从容宁静、自领风骚的同时，写下人间的美善，在回味的片刻，充满感动。

如果微风没有让我们相遇，
我们也不会因为往事而消沉，
即使季节在变化，
我们也不能因为注定要凋零而停止绽放，
美丽是我们的语言，
宽容才是我们的人生。

于力 / 摄

亲近自然也是解除烦恼的好办法。
如果能欣赏美丽的山川，还有自然的花草，
闻花香、听鸟叫，无论多么大的忧愁，
都会被这样的环境所驱散。

于力／摄

第三章

在烦恼里仰望幸福

　　心灵就像一把壶，里边住着自己的风景，装满独特的韵味。一种茶，一种味道，一种品位，茶与壶，如同云彩和天空，洁净、清朗，又似山与雾，永远在朦胧中山是山雾是雾，从来不会因为距离很近，就依附在一起。壶里含着茶趣，茶里听到壶的声音，听壶能洗去心灵的浮尘；品茶，能让心获得安宁。如果时间不能给自己疗伤，就用品茶悟道给自己解脱心灵的桎梏。

所有的悲伤都留下欢乐的线索

　　有人说，幸福总围绕在别人身边，烦恼总纠缠在自己心里。很多人因为贫穷，认为自己所有的烦恼都是因为缺少金钱造成的，于是，他们开始努力奋斗，当获得金钱拥有财富时，却发现自己仍然有烦恼，幸福离自己还是那么远。要知道，烦恼不是金钱可以解决的问题，烦恼是一种心态，需要自己去调节。我们经常看到路上骑车旅行的老人，他们可能也有一堆烦恼，儿女的工作或者婚事让他们烦恼，自己的身体需要保养等烦恼，可是他们抛开了这些，骑着车上路，欣赏着自然的风光，呼吸着清新的空气，既锻炼了身体也排解了烦恼，活出了自我，也活出了幸福的滋味。

　　在街上总能看见一对对走过的夫妻，男人深沉，女人妩媚，路人经常对这些夫妻投去羡慕的目光。在路人的眼里，这些夫妻是幸福的，于是，他们转身希望找寻属于自己的幸福，却发现幸福离自己很远。其实，人们不知道，自己在羡慕他人幸福的同时，也被他人羡慕着，只是自己没有感受到而已。就像人们看待烦恼，总是觉得他人每天都是那么快乐，根本看不到烦恼，而自己整天陷入烦恼中，一个接一个的烦恼，似乎形成了自己的人生轨迹。

幾米说："所有的悲伤，总会留下一丝欢乐的线索；所有的遗憾，总会留下一处完美的角落。我在冰封的深海，寻找希望的缺口，却在惊醒时，瞥见绝美的阳光。"循着欢乐的线索找回属于自己的幸福，就会远离悲伤和烦恼。

在幸福中生活的人，就像钻进了蜂蜜罐子，只能品味甘甜，不知道苦的味道。很多富有的家长，有意将孩子送到艰苦的地方锻炼，这些孩子可能不理解家长的一片苦心，其实，家长这样做，就为了让孩子多了解生活，尤其在困境中品味生活，才能彻底明白，他们今天的甜源自于父辈昨天的辛苦。

生命止于28岁的梁遇春，留下了大量翻译作品，散文集《春醪集》《泪与笑》更被后人所称道，但是他有迟起的毛病。因为"在大学里，有几位道貌岸然的教授对于迟到的学生总是白眼相待，我不幸得很，老做他们白眼的鹄的，也曾好几次下决心早起，免得一进教室的门，就受两句冷讽，可是一年一年地过去，我足足受了四年的白眼待遇，里头的苦处是别人想不出来的"。虽然有烦恼，他仍然相信迟起是一种安慰，而且能够弥补他的苦痛，"迟起给我最大的好处是我没有一天不是很快乐地开头的。我天天起来总是心满意足的，觉得我们住的世界无日不是春天，无处不是乐园"。对于火和泪，他从不避讳，他给徐志摩写的悼文题目是"吻火"，对于流泪，他不觉得羞愧，面对痛哭的人，他怀着温暖的同情，无论生活还是写作，他追求"笑中带泪，泪中求笑"的效果，把自己年轻而短暂的生命活得淋漓尽致。

一本书里曾经讲述一个故事，一个贫穷的女子，没有钱买书，于是，她想到了一个办法，去图书馆借书。当她把借来的书打开，准备阅读的时候，却发现贫民窟里的醉鬼闯了进来，为了能安静地读书，她将家里所有的家具都堵在了门口，醉鬼进不来了，她才得以安静地读书。可以想见，她的心中是多么烦恼，可是，在烦恼中，她想出了获得幸福的办法，读书，是一种让心灵休憩的方式，更是仰望幸福的力量。

如果时间不能给自己疗伤

　　一位刚刚和丈夫吵架的女友，与我哭诉着她的不幸。看着她蒙眬的泪眼，问她是否到了离婚的地步。她说还没到那一步，只是心里太难过，为丈夫的一些做法，尤其是不尊重女人的做法而难过。我劝她说如果还没到那一步就先忍一忍，退一步海阔天空。她说自己的生活中烦恼太多，很担心哪一天还会发生争吵。我告诉她该来的总是要来的，想躲都躲不过去。把话说透，如果他还执迷不悟，再想别的办法。如果他是个善良的人，如果承认他是个好人，就应该与他好好相处，多从自身找原因，此时，就会发现，别人的错误原来与自己也有关。她问我为什么会这样想，我告诉她这是帮她摆脱烦恼，如果烦恼太多了，心里就照不进阳光，心灵如果没有了阳光，就会阴暗，谁能喜欢阴暗的天空呢？只有心灵里透进了阳光的人，她的日子才是明亮的，她的心灵才是美丽的。一个人想摆脱烦恼，争取属于自己的幸福没有错，可幸福不是争来的，也不是夺来的，是靠自己努力得来的。她现在需要做的是，卸掉烦恼，努力赢得属于自己的幸福。

　　女友离开我的时候，脸上是带着笑容的。后来，她给我打电话说，他们已经和解。听到这个好消息的时候，我去了一趟Papa's，奖励了自己一顿海陆空套餐。

　　幸福不一定是享受高级宾馆里的豪华套餐，也不一定是穿着华丽的衣装。如果去超市买一瓶红酒，和三五知己去欣赏湖光山色的同时，品啜一点红酒，在自然的怀抱里，也许会体验到什么是真正的幸福。很多人费尽心机想得到，最终却发现，原来自己想要的一切早已经拥有，可是当最终明白这一点的时候，往往这种简单的幸福已经失去，离我们越来越远。

　　一位刚刚失去丈夫的女人，为了还上丈夫当包工头时欠下的债务，每天外出打工，将自己积攒下来的钱都还给了那些债主。有人劝她："你男人已经死了，他欠的债谁也说不清楚，不还也没啥。"可是，她不这么认为，人虽然死了，债是要还的。这就是她的原则。

　　因为还债，几年来她没睡过一个安稳觉，没穿过一件新衣服，可是在众多的烦恼中，她仍然在期盼着一丝幸福，那就是，将欠别人的钱都还上。还钱，完成丈夫的心愿，成为她吃苦耐劳和生存下去的动力。每当她从债主手里拿回一张欠条的时候，她的脸上就会流露出微笑。她说，谁都有烦恼，能在烦恼里仰望幸福才是人生最快乐的一件事。

　　我们每个人在一生中都会接触很多人，需要处理许多事，因为性格以及脾气秉性的不同，或者对事物的看法及处理方式不同，常常会引起一些争端。出门办事，也许会不顺利。开车在路上，也许会堵车，甚至还会引起一些口角。这时，烦恼就会找上门来，心情烦躁，恶由心生。其实，完全没有必要。想想那些为了生活而拼命挣扎的人，自己所谓的烦恼、争吵其实根本不算什么。

英国作家切斯特顿的话很有道理："人生生活的真正目的在于娱乐。世间是艰苦劳作之地，天堂是愉快玩乐之园。"如果不经历艰苦，就不会真正懂得娱乐的真谛；只有经历过困境，才会更加珍惜幸福。

品茶悟道　赏壶中风景

　　心灵就像一把壶，里边住着自己的风景，装满独特的韵味。一种茶，一种味道，一种品位。茶与壶，如同云彩和天空，洁净、清朗，又似山与雾，永远在朦胧中山是山雾是雾，从来不会因为距离很近，就依附在一起。壶里含着茶趣，茶里听到壶的声音，听壶，能洗去心灵的浮尘；品茶，能让心获得安宁。如果时间不能给自己疗伤，就用品茶悟道给自己解脱心灵的桎梏。

　　有个女孩，腿部受了伤，在伤没好之前，她跑遍了商场去给男朋友选购礼物，当她将礼物放在男友面前的时候，男友告诉她，他又找到了新的女朋友，女孩很伤心。于是，朋友们开导她，这样的男朋友不要也罢，可是她心里总是想不开，觉得自己委屈，为什么自己尽了全力去维护的爱情，却在顷刻间化为乌有？男孩的见异思迁虽然让人不屑，也让女孩恨之入骨，但不能让悲与恨在心里存留。留得多了，留得久了，内心就不会圆满。

　　人生不只有喜剧。恋爱的成功，事业的起色，朋友的相拥固然让人们心中充满快乐，但是人生中总有一种悲伤感动天地，让人难以忘记。只有铭心刻骨，才能永世留存。但万不可在心里淤积悲愤的情绪。悲愤的情绪，堆积越多，心里越难过，时间越长，对身心的伤害越大。

电脑用久了如果不杀毒，会导致机器运行缓慢，和人们的情绪一样，积蓄越久，漏洞越多，越难以为主人很好地工作。只有将病毒排除，才能正常工作，让运行加快，提高工作效率。心理排毒，也是这个道理。长亭晚风，小楼依旧，唯有故人不再，曾经的希望和依恋，都在一夕间化为乌有，谁还能相信爱情抑或相信天长地久？

我们在车站或者机场总能看到送行的人们，进了站台，回眸一望，过了安检，仍在找寻亲人的身影。相聚时欢歌笑语，分离时泪洒衣襟。清晨，看着火车渐行渐远，留在站台上一个孤独的身影；夜晚，随着听不见的汽笛声，思绪在零乱的纷飞中增添着离愁别绪。相隔越久，思念越重，烦恼也越多。最后，始终逃不过一场分离。或许这就是一个异地恋的故事结局。

珍惜曾经拥有的幸福

外出工作的人们，就像外出寻找食物的动物，找到食物能活一天，找不到要继续出去找，无论如何要活着。而人和动物的本质区别是人的思维比动物复杂得多，想想外出一天，开心是一天，不开心也是一天，为什么不让自己开心每一天呢？为情所困，对享受好心情会大打折扣。带着压力去工作，去处理人际关系，反而活得更辛苦。如何给自己解压，让心情放松，有这样五种方法可以尝试：

1. 找朋友逛街或者聊天，讲出自己心里的烦恼，听听朋友的意见，能让自己冷静下来，缓解压力。

2. 将自己的烦恼在纸上或者本子上列出来，对应的地方再写上让自己开心的事，进行对比，会发现开心比烦恼多。

3. 到户外进行运动，沿着整洁的街道向前走，到有跑道的地方慢跑，或者去游泳、打球，让全身肌肉放松，心情也随着放松，压力逐渐减小。

4. 给自己一些娱乐时间，唱歌或者跳舞，也可以去泡澡按摩，或者去看看电影，所有娱乐活动都是减压的好方法。

5.多读书，修养身心，从书中汲取营养，给自己心灵充电的同时，悟出一些人世间的道理，给心灵洗个澡。

烦恼多的人，一般欲望也多。欲望多了，常常觉得不知足。人不知足，心理自然不会平衡，心态就会扭曲。从烦恼里仰望幸福，不在于自己能改变什么，而是自己能适应什么。一生很短，享受过程比得到结果更重要。坚持自己喜欢的，摈弃扰乱内心的思绪，是给幸福的到来打基础的阶段，只有自己才能把握好自己的内心。

对于那些经历过很多磨难的人来说，只要坚持，就会有获得幸福的机会。也许，很多遭遇过磨难的人会问：我不奢望太多，可为什么连最简单的幸福都得不到？

很多时候，人们都会下意识地认为得不到的才是幸福，如果跳出这些烦恼去思考，多去想想身边拥有的人和事，也许你就会发现，其实幸福就在身边，幸福无处不在，只是你没有细细品味。比如吃一碗麻辣烫、一顿白米饭、自己爱吃的零食，都是很幸福的事情。世间万物皆有一个原则，讲究的是平衡，可能这件事对你来说不幸福，如果换个角度去想，可能你会比很多人幸福得多，或者，人生的下一站也许就是属于你的幸福。

珍惜自己曾经拥有的幸福，人生才会更美好，坚信自己拥有了很多，才会向幸福靠近。即使是童年的一碗榆钱儿粥或者一顿红薯饭，都会品尝出生活的美好。静下心来好好感受吧，每一个人都会找到最简单的幸福，因为，幸福就在我们的身边，从不曾离开。

烦恼有时就是一种情绪，是自己给自己心头缠绕的一个解不开的结。为什么烦恼总是眷顾某一个人，是因为他把心灵的窗户紧紧关闭，不给幸福留出一点缝隙。如果心灵之窗开启，幸福自然会走进来，在驱逐烦恼的同时，仰望到幸福。

如花的生命里　一定有人在等着你

爱情，像一树火红的腊梅花，走过长长的雨季，走过短暂的春秋，却在寒冷的冬天，于白雪皑皑中，在最不该开放的季节，盛开。就像人们总是选择不曾选择的结局，在无意中看到了结果，虽然设想过无数次。有时梅花是被人遗忘的，因为默默无闻，不去计较也不去争辩，迎风傲雪挺立的枝丫就是最好的答案。

电视剧《北京爱情故事》里的林夏，是个单纯可爱的姑娘，总是没心眼地开怀大笑，遇上生气的时候也能表现出来。但是，为了爱情，她却能够苦苦地坚守。但是，这些都不足以感动观众。最让观众难忘的是，渴望幸福的她，看到自己所爱的人和别人在一起，只要爱人开心，她就开心，仍然没心眼地傻笑。当又一段感情占据自己内心的时候，她仍然为了别人着想。通过努力，她做到了在人的一生中，至少该有一次为了某个人忘记自己，不求曾经拥有，只求在最好的年华里，遇见那个人。因为懂得珍惜，让她的内心洁净。

爱情不是神话，如果不懂得珍惜，就不能保持永恒，曲终人散，是不争的事实。花有开放的时候，也有凋零的一刻，不管多么刻骨铭心，都难免走向枯萎，所以，爱情需要宽容和理解。有人说，相爱过的人，他们只是用一朵花的名字呼唤另一朵花的名字，用一颗心交换另一颗心，用一种悲伤替代另一种悲伤，用一个我想起，又忘记另一个我。

如果有花语，那种语言一定是用宽容写就的。我在微风中观察过不同种类的花。当他们对话时，是用点头来表示自己的客气，内心中有一种宽容，他们不会在风吹来的时候，碰撞在一起，而是顺着一个方向摆动，虽然有自然的成分存留其中，但那些花一定是在说：如果微风没有让我们相遇，我们也不会因为往事而消沉，即使季节在变化，我们也不能因为注定要凋零而停止绽放，美丽是我们的语言，宽容才是我们的人生。

昨天的天空曾是一片艳阳，今天也可能会阴云密布，即使一天中，也会此刻艳阳高照，彼时暴雨倾盆，处于爱恋中的两个人，也会因爱生恨，在甜言蜜语后心痛，又在心痛后选择分手。人间多少悲剧都是这样发生的，陷入爱情中的人，爱得猛烈，恨得幽深，如果不懂得宽容，爱的幼苗就会被摧残，更谈不上长成参天大树。

有没有尝试过一件事，在别人伤心的时候，可以劝慰，在自己伤心的时候，却找不到答案。如果爱情是左手牵着右手，会是平淡无味的感觉，如果将这种感觉变得真实而长久，就是怀着宽容之心，让左手牵着右手一直向前走，这样的感觉才是如花的爱情，即使凋零也会再生。

爱情是需要经营的，没有经营的爱情就像不懂得销售的店主，最后导致店铺关门。爱人也是如此，如果不懂得宽容，最后的结局是爱人远去，一切美好都成为记忆。谁都希望，在如花的生命里，一定会有一个人在等着自己，这个人不一定有多少财富，这个人不一定长相俊美，但这个人一定是个成熟的人，也是宽容的人。

追赶那列幸福的火车

印象中读过一个男孩追火车的故事：

一个生活在大山里的男孩，只在画册里看过城市的高楼大厦，从来没看到过真正的高楼大厦究竟是什么样。他也曾经幻想着有一天能走出大山，去外面的世界看一看，可是一直没有机会。为了能实现走出去的梦想，男孩开始努力读书。然而，家里是那么贫穷，没有钱供他读书。

距离村子不远处，有一个火车站，相信那是无数个车站中最普通的一个。他却把那个车站当成了自己看世界的窗口，看着上车下车以及继续旅程的人们，他非常希望自己也能成为其中的一员，跟着火车走出大山，去实现自己的梦想。

为了梦想，他开始行动。每天，他将自己的背篓装满了水和食品，来到火车站。火车停车的时间很短，他必须在几分钟的时间里完成他的兜售任务。他和他的小伙伴们一样，经常遇到一些烦恼：东西给乘客了，还没等拿到钱，火车就开了，或者拿到钱了，还没来得及给乘客东西，火车就开走了。拿了人家的钱不给东西自己心里不安，给了人家东西没拿到钱自己受损失，这让男

如果打开心灵的那扇窗，就会发现，
在阳光的照耀下，原来世界是那样的美好，
花园里的鲜花正盛开，自然万物都是那么鲜活，
鸟儿在歌唱，山泉在叮咚，
美景让眼前一亮的同时，
那些诗情画意的美好就会走进心里。

于力／摄

当我们具有了独立的思维，才能去感受生活，感悟生命，并且从这种感受中去理解生命的真正意义，从这种感悟中去发现和创造更高的精神境界。

于力／摄

孩陷入了沉思。

后来，男孩开始苦练跑步。他认为自己只有跑得快，能够追上火车，才能避免自己和乘客受损失。每天卖货的间隙，他都在训练自己。他在和火车赛跑，也在和自己赛跑。在跑步中，损失越来越小。

那一天，天气炎热，男孩同往常一样，一节车厢一节车厢地卖东西。有人拿了一张百元钞票买水，男孩将水从火车窗口递进去，他刚找出余下的水钱，火车突然开动了。车里的人着急，男孩更着急。他开始跟着火车跑，可是火车越来越快，男孩也拼命地向前跑，火车加速，男孩快要跟不上了，他将身上背篓扔了下去，减轻了重负的男孩继续拼命向前跑，车上的人们在为他加油，终于，他赶上了火车，将带着汗水的钱扔进了车厢。

那天，看到过这一幕的每一个人都被这个男孩感动。而男孩，因为跑步的速度能追上火车，成为一名出色的田径运动员。后来，他将比赛中获得的奖金捐给了家乡，修建了一所学校。当人们问起他为什么这样做时，他的回答是：我不想让弟弟妹妹们做追赶火车的人，而是希望他们坐着火车走出大山去看外面的世界。

为了一个目标去奋斗，就是实现理想的途径，而因为追赶火车这样一个简单的想法练跑步，最终让男孩成了一名出色的运动员，虽然这个过程有些曲折，但最终的结果让人感动也让人难忘。

追求幸福，要有目标和方向，一个最简单的想法，让一个方向成为目标，改变了一个人的一生。不只是大山里的孩子，还有很多人，在奔赴成功的路上，感到辛苦疲惫，可是为了自己为了子女仍然在坚持。他们不仅要挣回生活的费用，还要给孩子做出榜样。早晨离开家的时候，看着哭泣的孩子，控制住自己不回头，每一天，他们都在坚持，盼着孩子快点长大，面对生活，他们不想投降。就像那个大山里的孩子，为了一个目标去奋斗，这些家长也在努力地找回自己，在朝着幸福的方向奔跑，追上属于他们的那辆幸福列车，才是他们最大的心愿。

第四章

在精神自治里活出真实

　　精神自治，不像笼中的鸟，而是那自由地在天空伸展着双翅的鹰；不是关在笼中抖动着漂亮的羽毛去取悦主人，从而换取可怜的吃食，而是搏击风雨去寻找赖以生存的根。所以，鸟的软弱正是一种精神的悲哀，而鹰的独立是一种自治的精神。

珍惜生活中的每一天

生活就是舞台，这是一首歌里的歌词，其实，生活不仅是舞台，也是课堂。人们在这里接受教育，对于很多不懂的道理找到了答案。所谓万事皆有因，没有什么是偶然发生的，无论是疾病还是困苦，无论是失败还是荣耀，你所得到的一切，其实都是一种考验。生活中没有一条平坦的路，只有在这条路上忍受了疾苦，勇于历练自己的人，才能走向坦途。

在生活中，虽然每个人都想保护自己不受伤害，可是伤害仍然不时地伴随着左右。恋人的背叛、朋友的伤害，都会让人们陷入悲伤之中，而能够做到宠辱不惊的人，才是精神世界最充实的人，因为经受住了灵魂的考验，能够宽恕那些对不起自己的人，宽恕那些曾经对自己犯下的罪过，就是在生活的课堂上学会了信任，懂得了宽恕，可以敞开自己的心扉去接纳世间万物，无论这万物带来的是快乐还是难过。

我们都应该在生活的课堂上学会三堂课：

1. 如果有爱，就要加倍回报。电视剧《兰陵王》中的周国国君，在疾病与困顿之时遇到了天女杨雪舞，杨雪舞的聪明伶俐挽救了周王的性命，在以后的生活中，周王虽然贵为君王，脾气暴戾，但在杨雪舞的善良面前，他变得通人情世故，全力治理自己的国家。在雪舞遭难的时候，想方设法保护雪舞。虽然对历史上的周王了解不多，但这个故事足以打动很多人。所以，如果有人爱你帮你，就要向他们学习如何去爱，然后再无条件地用爱回报他们。

2. 珍惜生活中的每一天，感恩生活中的每一个瞬间。在去北京的动车上，我的邻座是一位陌生的男人，一路上，他跟我搭话，我不回答不好，但是回答了又觉得不太熟悉，说深说浅了都不好，所以不太喜欢回答他的问题。好在大家都是成年人，从他谈论的话题能看出来还是很有知识的一类人。旅途时间很长，我拿出了小笔记本，在上面修改稿子，他在邻座看书，可能看书太快，他开始看我的稿子，笔记本太小，有些错字我没看清，他看到了，指了出来，我当即表示谢意。虽然旅途结束，我们都不知道对方的姓名，也从来没问过对方的职业，但是几个小时的时间里，让我感谢这一路他对文稿中指出的五个错字，虽然不是大事，也不一定值得在记忆中收藏，却值得感恩，因为我们素不相识。

3. 相信自己，才能自由地奔跑。多年前，那时妈妈还没从单位退休，我放假回家，没有钥匙，我去妈妈的单位找她。路过街边的一个小花园，看到了一对在花园里玩耍的母子，小男孩迈着蹒跚的步子在草地上跑着，他的母亲安静地看着他。我不由得停下脚步，看着这对母子。男孩大概 1 岁左右，他脸上绽放着笑容，也许在家里待得太久，终于被妈妈带到了外面感到非常开心的缘故吧，他的笑是那么开心，让看到的人都感到欢喜。我就是被那样的笑容吸引住的，驻足看着男孩，他在草地上摔倒了，他的妈妈也不去扶他，而男孩根本就是妈妈不在那里的一副样子，跌倒了就爬起来，继续朝前跑，仿佛草地上的花草有一股魔力吸引着他。小男孩一次又一次摔倒，一次又一次地爬起来继续向前跑，他的行为深深地打动了我，我被他的奔跑还有他的自信所感动。

虽然那天我回家晚了一会儿，但是我从这个奔跑着的孩子身上，看到了一颗勇敢的童心带来的自信，也完全相信一个自信的人不管做什么事都会成功。就像我倾心于写作，不在意任何人的评价，只要自己舒展内心，只要对生活有所感悟，就会写下那些文字，只要对人们有所启发，就完成了写作的目的。就像与不熟悉的那个人交谈，实际上我们要做的只是倾听，带着自信去倾听，然后带着自信相信自己的判断，就会活出自我，活得独立。

生命独立，有其生命的个体价值，虽然有时人的灵魂也会孤独。重视生命独立，维护生命的尊严，或者说尊重生命，就是维护人类的尊严。贺评在《学会做人》中教育青年们："每一个生命都是唯一的、神圣的，生命需要尊重，尊重可以扬起生命航船之帆，不管迎着太阳，还是迎着风暴，都会勇往直前……"

无论在生活中学会回报爱，还是学会感恩，或者像男孩一样自由奔跑，都要表现出真正的自我。一个带着自信生活的人，不在乎别人的评价，即使在生活中遭受挫折，也应该有能力去承受痛苦，不被外界的环境所左右，只有一味地放松自己的身心向前奔跑，才能将自己对人生的追求融入自己所希冀的未来生活中。

自信　才能屹立不倒

　　每一个活着的人，似乎都很难为自己的生命设置真正的目标，虽然在朦胧中觉醒的那一刻起，都曾为自己的未来设计过宏观的发展规划。但是，鲜活的生命似乎和设定的目标大相径庭。生命的足迹走到今天，无论是一路步履维艰，还是轻松畅快，包括我们，都不曾为理想的实现而找到那清晰的印痕。所以，"没有独立的精神领地，没有个性的生动与闪光，没有自足的个体意志和理想，一个人无论面皮多么红润白皙，其生命都谈不上鲜活与健康；无论肉体的居住环境多么轩敞耀眼，其生态都是黯淡、阴郁和低垂的，灵魂都无法真正明快起来"。

　　王开岭所著的《精神自治》一书的简介中写道："精神奴役来自于自身，个人自由终究要靠自治的心灵和精神来保障。"作者王开岭过的是一种有信仰的生活，因为他对生命的真与美充满了崇敬和热爱。正是因为这种对生活的崇敬与热爱，他才敢于以批判的写作手法发出内心的呐喊："多少人可以自由地放飞生命、真正从工作中享受投入的快感？多少人在做着平生最渴盼的事且乐此不疲？谁之忙碌是在演绎理想中的'生命角色'？"他说出了无数人积郁在心中的生命的道白。

有一句话记忆深刻。"让疲倦的视线从物面上移开，从狭窄而琐碎的生存的槽沟里昂起，向上，向着高远，看一看那巍峨与矗立，看一看那自由与辽阔，澄明与纯净……"看向远方，思路就是开阔的；看向未来，就不会被眼前的琐事所禁锢。所以，人活着，就要活出一种信仰。人活着，就要活出一种精神。这种信仰和精神，更是一种理想和信念。

人的特殊精神气质，古人称之为"道"，有人称之为"器"，也有人叫作"神韵"，或者"才气""识度"，等等。契诃夫说："人没有信仰，就成了行尸走肉。"如果是那样，鲜活的生命里流动着的血液岂不是会凝固？高尔基的解释是："信仰是人类认识自己智慧的力量的结果，这种信仰创造英雄，却并不创造而且将来也不会创造上帝。"有了坚定的信仰，才能有创造，才会有未来。所以，罗曼·罗兰归纳出："居于一切力量之首的，成为所有一切的源泉的是信仰。而要生活下去就必须有信仰。"契诃夫、高尔基和罗曼·罗兰所说的信仰也应该是一种精神，这种精神需要自治，那就是生命需要独立，生命需要自治，精神更需要自治。

关于独立，刘烨园曾经撰文《天赋独立》，强调："独立是载体也是内涵；独立与人权、自由、民主同血同脉；独立的天赋之根决定着宽容，因而说后者是胸襟、修养远远不够，因为那样依然是可变的（时间）与可换的（空间），而独立是没有游移的、不可剥夺的，与生俱来因而天经地义，'不讲道理'的。"所以，"只有独立，个体才无论在哪里，也无论写得如何，都不会自苦自卑，不会被功利绊死，不会因小失大地哗众取宠，异化、扭曲自己。因为独立本身就是价值，就是意义，你已经在完成它了，余下的，是你管也管不着的天意——还有比这更高的人生境界吗？"

当我们具有了独立的思维，才能去感受生活，感悟生命，并且从这种感受中去理解生命的真正意义，从这种感悟中去发现和创造更高的精神境界。"有独立自由表达才真正是自由的；独立使人自疚，使人反省，使人不依附集团与'气氛'而自生动力与定力，不会迷失、错失于时潮时势的诱惑轰鸣而终于寻及个体存在的纯金……"精神的独立、生命的自治有其重要的内涵，"也许，有了独立，才不会有更多的心碎死于时尚，更多的美毁于流行罢"，这或许是刘烨园对生命独立的一种贴切的感悟吧。

《曾国藩挺经》里这样写道："人不可无刚，无刚则不能自立，不能自立也就不能自强，不能自强也就不能成就一番功业。刚是使一个人站立起来的东西。刚是一种威仪，一种自信，一种力量，一种不可侵犯的气概。"这种刚，就是一种精神，精神的力量是无人可以摧毁的。曾经担任过美国足球联合会主席的戴伟克·杜根说过："你认为自己被打倒，那你就是被打倒了。你认为自己屹立不倒，那你就屹立不倒。我发现一切胜利皆始于个人求胜的意志与信心。一切胜利唯存于心。你必须对自己有信心，才能获得胜利。"这种精神的信仰又使人们一往无前，始终立于不败之地。

精神自治，不像笼中的鸟，而是那自由地在天空伸展着双翅的鹰；不是关在笼中抖动着漂亮的羽毛去取悦主人，从而换取可怜的吃食，而是搏击风雨去寻找赖以生存的根。所以，鸟的软弱正是一种精神的悲哀，而鹰的独立是一种自治的精神。独立，自治，才有内在精神的完美与充实。

谁的人生谁做主

一个人对信仰的从不背叛赢得了时间对其名字的尊重和青睐。人们将更多地以寄托一种理想而不仅是纪念一个人的方式来缅怀它。布罗茨基归结人们的"悲惨命运反过来证明了他们精神自治的程度"。所谓的"精神自治",当是指不肯屈从权势,媚俗邀宠,人云亦云,奴颜媚骨,或者只是一架执行的机器吧?

独立而自治的生命需要确立坚定的人生信仰,人们只要活着,无论职位高低,无论贵贱贫富,无论学识长短,都要有一种信仰。有了生命的信仰,人生的道路才有前进的根基。而树立真正的人生信仰,却也要经历一番磨难。高尔基说:"通向真正信仰的道路,是要经过无信仰的沙漠才会到达的。"这种信仰,来源于一种精神,来源于精神自治。

一位演说家在一场 200 多人参与的研讨会上,举着一张 20 美元的钞票,问在座听众他手里拿的这张纸是什么,是否有一定的价值。很多人举手要回答问题,他点了其中一个人,那个人回答说这是一张 20 美元的钞票,可以在国际和国内市场进行兑换。

演说家将那张钞票放在手里揉成一团，然后展开美钞，问听众是否还可以兑换。听众回答说能。演说家又将那张钞票扔在地上用皮鞋搓来搓去，钞票已经被搓得很脏，几乎认不出究竟是什么。他对听众们说钞票都已经这样了，是否还能有人愿意交易呢？仍然有许多人举起手，他让一名听众回答，听众告诉他钞票仍然有价值，但是语气里带着很明显的不自信。

演说家展示完毕，最后告诉听众，这张钞票被搓成团，又在地上用鞋搓来搓去，可是它仍然不能失去自己的价值，它仍然是一张 20 美元的钞票，你们仍然相信它还能用来兑换，也能拿它去买东西。所以，请朋友们记住，不管发生了什么，你都不会失去自身的价值，你的价值就是你一生的依靠。

我们都曾经追寻着生命的独立，生命的自治，但是，我们有多少人是在追寻着精神的自治？我们都曾经满足于生命对物质的渴求，可是，我们的生命里又有多少独立自治的精神存在？我们曾经追寻生命的意义，可是，在混沌与清醒之间，我们又有多少人活出了一种坚定的信仰，活出了一种顽强的精神？

人生路上，我们都在追寻着自己的那个梦，这条实现梦想的路上并非一帆风顺，总会遇上各种阻力，但是我们一定要理解，有梦想的路并不平坦，就像我们去看风景，总要在经过曲折的弯路和高山或者湖泊之后，才能见到最明亮的风景，给自己一个选择，也要给自己一个机会，这个机会不是伸手就来的，而是需要自己去努力奋斗才能得来的。命运的启明星不都闪烁在天空中，有时也会闪烁在内心里，心透亮，启明星才会照耀着自己。

相信精神的自治，与相信自身的潜力一样，实现梦想，需要这两件武器的存在。人非圣贤，谁都说不准自己会在什么时间什么地点犯错误，但只要珍视自己的才华，无论在多么阴暗潮湿的地方，都会像小草一样发芽生长，实现梦想，把握机会，谁的人生谁做主，命运总是青睐精神独立而自治的人。

以灵魂的颤动　应对心灵的孤独

在我拿起笔写下"灵魂的颤动　心灵的沟通"这样的题目时，心中一直怀着忐忑。连日来，在友人的建议下，一直在努力搜索着有关卡夫卡其人、其书、其爱情生活的有关片段，试图在为这篇文章加入一些相应的作料。但是，是否能够调出最佳的口味，我不得而知。然而，阅读了卡夫卡《致密伦娜情书》之后，不仅感受了卡夫卡灵魂的颤动以及与密伦娜心灵的沟通，体会更深的则是卡夫卡的情感波澜和他那动人的灵魂绝唱！

《致密伦娜情书》不仅是卡夫卡写给密伦娜的情书，也不如书名那样完全含有情书的成分，而且是一部耐人寻味的文学作品。不仅是卡夫卡内心情感毫无保留的表露，也是一部重要的文献，是有关卡夫卡和卡夫卡作品研究的最为宝贵的资料。书里不仅仅真实地记录了"两颗真挚的灵魂热烈跳动的书简"，更是表达了卡夫卡的独立思想意识，以及他对婚姻的恐惧，当然，这与简单的世俗之爱的卿卿我我有着截然不同的区别。

作为被密伦娜所崇拜的作家，卡夫卡在致密伦娜的情书中，既要充分表达他对"性格爽朗、感情热烈、果断勇敢、行为不羁"的密伦娜的灼热的爱情，又要保持自己在密伦娜心中的美好形象；既要敞开自己的心扉，又要注重语言的分寸，应该说，卡夫卡完全发挥了自己的语言天赋和写作才能与技巧。他全部的才华在致密伦娜的情书中得到了淋漓尽致的发挥。

在书中，卡夫卡充满幻想地写道："凡人的肉身几乎不能领受大自然更多的赐予了，我的阳台淹没在花园之中，周围、头顶长满了鲜花盛开的灌木丛，还有骄阳的照耀。在布拉格积水潭都快结冰的天气里，我阳台前的花朵却慢慢地绽开着。壁虎和鸟姿态各异、成双结对地来拜访我。我多想把美兰赐给您啊！"这些对景色的描写，寄托着卡夫卡希望见到密伦娜的强烈愿望；同时，卡夫卡也在信中写着自己的梦境，流露出一种对密伦娜的惦念和牵挂之情。不仅如此，他用内心期待的完美和对白璧无瑕的爱情的向往以一种半癫半痴的状态在进行着极度的抗争，他将自己与密伦娜的怯懦归结为"只有在绝望中、顶多在愤怒中……还有在恐惧中才会消逝"。他对密伦娜的信赖则是："我不能同时倾听内心可怕的声音和您的声音，但我能听见那个声音并信赖您，除此之外在这个世界上我谁都不能信赖了。"

情书还体现着卡夫卡这样的两个观点：一是"真是愚蠢的典范"，二是"承认恐惧的存在是合理的"。因而他说"在远离你的地方我只能这么生活"，或者"我们俩现在已经结了婚，你在维也纳，我怀着恐惧呆在布拉格，不仅是你，我也攥着这婚姻之绳的一端搜来搜去"。那时的卡夫卡，对密伦娜的情感是真挚的，他既对婚姻怀有恐惧，又向往婚姻，尤其是在经历了三次订婚，同时又解除婚约之后，他真心希望与密伦娜永远在一起，他写道："我困了，什么也不知道，什么也不想，只想将我的脸埋到你的怀里，感觉着你那抚摸着我的头的玉手，直到永远永远。"

虽然卡夫卡对他与密伦娜之间是否还有未来捉摸不定，虽然他为自己与密伦娜的归宿设计了无数的结局，他仍然把自己比喻成密伦娜房间里的"一只大橱"，希望每天看着密伦娜、看着密伦娜所做的一切。但是，他也承认那个大橱"保持着迟钝笨重的特性"，并强调"这不是橱，有朝一日你重置家具，我们就把它扔出去"，用以嘲讽自己的错误。

作为以写作为生命的人，卡夫卡的心灵极为孤独。他既有对他人的渴望，又惧怕孤独。所以，他的心若即若离，他的内心世界始终在战斗着，与他的孤独抗争。他对最初的感情认为都是一种怜悯，而他回报以恐惧。我们承认，卡夫卡的灵魂是善良的，他的心灵是质朴的。密伦娜是值得他爱的，但是密伦娜又使他的内心世界更加孤独，以致后来，卡夫卡拒绝再见密伦娜。

回顾全书，从卡夫卡的书信中我们不仅了解了作为作家的卡夫卡，更了解了作为凡夫俗子的卡夫卡对美好爱情的向往和内心世界的独白。从而我们确信：那个 19 世纪 20 年代的卡夫卡，是多么强烈地爱着密伦娜，虽然几易其夫的密伦娜始终没能与卡夫卡成就一桩美满的姻缘。那个时期的卡夫卡，经常以极大的热情跑到报刊亭，去寻找密伦娜发表的文章，因为"卡夫卡对其文学价值的高度评价显然并非仅仅出自爱情，而且也是出自对密伦娜写作质量的客观评价"。而密伦娜这样评价卡夫卡："他的苦行主义毫无英雄气概——因而更显得伟大和崇高。任何'英雄主义'都是谎言和懦弱。这不是一个将其苦行主义作为达到某种目的之手段的人；这是一个由于其可怕的洞察力、纯洁性和无妥协之能力而被迫采取苦行主义的人。"也许，作为作家和恋人的密伦娜，对卡夫卡的评价恰到好处。

曾经有文章评论卡夫卡是"一个旷日持久的话题"，是"一个痛苦的精灵"，同时，卡夫卡的小说"充满了戏剧性"。而当我们阅读《致密伦娜情书》后，对卡夫卡的戏剧性的人生和情感经历有了更加深刻的了解。

《致密伦娜情书》并不能说明卡夫卡对爱情的专一和执着。其实，卡夫卡的内心世界是复杂的、孤独的。他对爱情虽然追求得强烈，但是，他对婚姻是恐惧的。我们最终看重的是这部情书的文学价值和研究作用，以及卡夫卡孤独的灵魂和渴望心灵的沟通对后世的影响。卡夫卡的性格特征注定了他一生的心灵的孤独，虽然他也挚爱着与他生命有关的几个女性，尤其是密伦娜。尽管密伦娜最终没能与卡夫卡成就最完美的婚姻，但是密伦娜应该是幸福的。

"生活的乐趣不是生活本身的，而是我们对升入一种更高的生活的恐惧，生活的折磨也不是生活本身的，而是我们因那种恐惧而进行的自我折磨。"与当今某些动辄以性欲及肉欲为诱饵，去赚取金钱和物质利益的码字作者相比，卡夫卡是高尚的，密伦娜是纯洁的，他们的爱情是伟大的。可谓婚姻的警钟，情感的楷模。

站在现实世界的山岗，
回顾历史的沧桑，
好似曾经爬过的山，
走过的路，
辛酸甘苦目知。

于力／摄

追求幸福，要有目标和方向，
一个最简单的想法，让一个方向成为目标，
改变了一个人的一生。

于力 / 摄

留一份情　书一份爱

　　童话故事里的列那，曾经是一只狐狸，因为被善良而美丽的公主所感动，变身为一位英俊潇洒的青年，由此演绎出一段神奇的爱情。爱情是亘古不变的浪漫主题，沉醉在爱河中的年轻人，会因为爱情给自己增添力量，拥有成功的事业，过上幸福的生活，在牵着爱人的手一路且歌且行的欢笑中，随着岁月的流逝，留一份情，书一份爱。

　　爱情的力量让人们见证了神奇，友情则是精神的默契、心灵的相通以及美德的结合。友情是维系人们生存的纽带，会使人与人之间关系融洽；友情需要真心地以心换心，容不得虚伪和欺骗。同时，友情会使你感到温暖，一声轻轻的问候，一句多保重的话语，即使在寒冷的冬天，你心中仍会藏着一团火，把以往曾凝冻的心灵之冰融化。当心中有痛苦，当心中有郁闷，朋友是最好的倾诉对象。他从来不会嘲笑你情感的脆弱，总是为你指出奔向光明的大路，让你的心灵减负，不再载着沉重走上征途。

　　世上最珍贵的不是财富，而是一份真挚的情谊。金钱和财富最经不起时间的考验，有多少人在金钱面前成为奴隶，不择手段地攫取，虽然占有了财富，却不能长久地拥有，因为财富并不能永久，相反，知己才是一生最难得的相遇。众所周知的俞伯牙弹琴遇钟子期的故事，让高山流水遇知音成为千古佳话。

友情完全是双方感召力相结合的产物，没有灵魂的召唤，就不会有心灵的通畅。从物理学上来讲，可以理解为一种共振。有了共振，才有类似琴瑟和鸣的效果，人们常说心灵的撞击，大抵起到了这个作用。心灵的相通说明友情中的双方有很多共性的内涵，或性情相近，或志趣相投，因为友谊是连接心灵的纽带，在人生之路上，每当遇到艰难困苦，友情可以带来信心，用真情战胜困难。

小时候最要好的伙伴小杰，长发过膝，梳成精致的发辫，总有一群男孩子跟在她的身后，让她感到烦恼。在学校见到小杰的时候，我喜欢她白皙的皮肤还有长发，非常羡慕她，但是我们很少说话。后来，我们两家都搬到新家，成为邻居，我和她结伴上学。在上学的路上，总有几个小无赖跟着我们，起初我不明白原因，后来才知道他们跟着小杰是觉得小杰的长发比较特殊。当小无赖拽着小杰的长发时，我和小杰与他们展开了搏斗，就在我们快坚持不住时，小杰的哥哥赶来，打跑了小无赖。后来，我考上了大学，分到了另外一座城市，小杰高考失利，参加了工作，早早嫁了人。

别后重逢，总会带来些许的激动。虽然多年没见到小杰，那些当年的小丫头在毕业很多年后再一次重逢时，我会记起小时候经常一起走在上学路上的小杰。我们仍然是那样亲密无间，一起开心地回忆着快乐的童年，还有遇上小无赖的那些烦恼。我们聊家庭聊工作，聊过去也聊现在，我们对友情的共识是真挚的友情经得起风霜雨雪，更经得起时间的考验，我们不会因岁月的流逝而疏远，也不会因为一直未见而淡漠，更不会因为距离的遥远而忽略了记忆。

很多人都有这样的经历，去山里旅行时，摘下各种树叶留作标本，时间久了，那些标本仍然散发着淡淡的幽香，就像香山红叶，即使枯萎，仍然像火一样红，正如人们之间的友情，陈放了许久，仍然历久弥香，最珍贵也最值得拥有。

露润青莲　不染纤尘

　　我的案头一直放着一本书，墨绿色的荷叶上，一朵盛开的莲花旁，一位披着长发的美丽仙子舒展优雅的舞姿，似乎在倾听莲语荷声。这是好友杨丽的散文集《露润青莲》的封面。多少次，我要为这本书写点文字，却觉得语言是那样苍白，以至 N 年的时光已悄然远去，我在徘徊的思绪里终于悟出了"出淤泥而不染，濯清涟而不妖"的真谛。

　　作家马宇龙曾写道："清莲者，杨丽也；露者，杨丽之文也。莲因露洁，露因莲纯，文与人相映成辉，人与文彼此砥砺。"我赞成宇龙对杨丽的唯美求真、刚柔相济、兰心蕙质的"三美"评价，杨丽文如其人，人如其文，清丽雅致，散发着知性的美，她将北方的质朴与南方的灵秀集结于一身；对亲人、对友人她怀着诚挚的情，将人间大爱展现得淋漓尽致；她对山川、对生活充满无限的爱，这些，都在她的文字里自然地倾泻出来。

　　杨丽珍惜亲情，珍视血脉相连；她对逝去的日子充满了敬畏，把岁月珍藏；她的文字可谓浅吟轻诉，把浪迹天涯的时光呈现，又在梦幻世界里让思绪飞扬，以清新俊逸、大气的语言，雅俗共赏、宏观的角度，驰骋着她那匹思想的骏马，如在无尽的草原上一路向前奔跑，将沿途的景色、氛围流露在笔端，将场景与气势在意境中展现，在思考中升华，使情文并茂，直达诗体散文的境界。

我读散文也写散文，但是大多数散文作者通常写一些身边的琐事，风花雪月以及一己悲欢。而杨丽的散文有感而发，底蕴颇深，书中对丝绸之路、莫高窟、鸣沙山等的描述，与历史和历史事件紧密相连，展现着风土人情和民俗民规。所以，称其为文化散文不足为过。尤其是深厚的文化积淀在得壶与养壶等茶系列中一览无余。

"我国的茶壶是收藏家们的家珍，集文学、书法、绘画、雕刻、篆为一体的一种艺术。在平稳中求动感，流畅中求曲变，传统中求新意，小品中求大气，大品中求细腻，使用中求美观，文雅中求情趣。"细致的观察和研究，将茶壶的底蕴用文字概括出来。《闲话养壶》这篇文章我读过多次，也是我最欣赏的一篇文章。文中介绍了养壶的过程以及如何养壶后，作者得出结论：品茶即品人生，养壶即养性。品茶让"心归于宁静"，养壶让"精神世界升华到高雅的艺术境地"。正如她的文字"在养壶的过程中我懂了养的虽然是壶，其实是人，任何事情急于求成都将事倍功半。常有这样的时候，一种冲动立刻铺纸研墨，提笔欲挥洒，却不知落笔何处，原来心不静，只有作罢。这时候搁笔去观赏、把玩小壶，心中的浮躁和尘埃渐渐远去，神定气顺后又回案前挥毫"。难怪杨丽的文字中透着灵气，她在养壶的过程中也接受了文化的熏陶，修养了心性。

杨丽的文字代表着一种深沉的文化品格。这种文化品格源于作者对散文的创作态度、写作的艺术风格与高尚的人格追求，展示了作者的旷达心胸和追求完美人格的文化底蕴。同时，也展示了作者如莲般洁净的心绪与卓尔不群的人生境界。她在《夕观秋莲》里写道："穿过岁月风尘，残荷自有残荷的桀骜风骨。一汪秋水，写尽风风雨雨，那份生命的执着依然不屈地挺立着。不能绽放的季节，就把生命的根植在淤泥里，日夜聚集着清香，等待着三月的春风。这是怎样的一份执着！"把生命的根植在淤泥里，不染纤尘，这又是怎样的一种境界！

　　在书中，作者不仅在海边随想、在海边怀想、在海边断想，更重要的是，她带领读者沿着她浪迹天涯的脚步，走进西藏、游麒麟山、探玉华洞、访古琴台，向读者展示一幅幅精美的画面，不断让历史重现。占篇幅较长的《西行漫记》堪称大散文，在且行且进、且游且歌中，将苍凉之地写出了特色，将乏味的生活写出了激情。"让我带你去领略西部的凝重与沧桑，去感受生命的狂放与豁达，去认识我的亲朋好友，去感悟原来万物会有这样的美丽……"读到这些句子的时候，真遗憾没能将文中的二人换成我自己，如果和杨丽一起西行，相信她的故事里一定有我的身影，我的文字中会有她的创意。《走进西藏》一篇，作者在游历珠穆朗玛峰、唐古拉山、羊八井、布达拉宫后，深深地感受"灵魂经过了一次洗礼，心灵得到了一次净化，褪去了人性中的浮华，洗去了心性中的尘杂，灵性充盈、升华……许是性灵的醒悟，许是冰山雪域的感召，世态的炎凉，人生的冷暖，大苦大难大悲大喜，一切的一切都于雪域上蓝天下觉醒。"这是风物与心灵的交融，自然与心灵的结合，在这些文字里，历史的传说与现实的景色交融互渗，读后令人大有目不暇接、酣畅淋漓之感。

有人说：散文是自由的心灵世界驰骋的疆场。《露润青莲》就是这样以诗意的语言、多种表达方式的巧妙运用，不仅将写景抒情和叙事议论巧妙融合，还在景中议论、叙中融情，将作者所感悟到的生活坦然地、亲切地、充满深情地展示出来，使读者在阅读的时刻，走进作者的心灵，在她用文字浓缩成的涓涓清泉里去探寻那一池的清水，从而启迪读者的心智，享受文字的美、意境的美。

我非常赞同学者陆远的评价：这些风景散文，既写风景，又不仅仅寓意于风景，而是意在景外，赋景以人性、深情和灵魂。我从《露润青莲》的墨香里，不仅体会到作者赠予的世间最美妙的风景，还体验着作者真挚的情感。不禁怀想，在远方的长街上，曾经洒落过我们惜别的泪水；在南国的茶艺馆里，曾经回旋着古筝悠扬的乐声，仿佛淡淡的荷香洗去丝丝清尘，在亭亭的莲姿中余韵再生……

第五章

享受幸福　不放纵自己

　　人们常问：什么是爱？关于爱，有很多种答案。亲情、友情之间的爱很真、很纯，值得珍藏，男女之间的爱情浓烈值得回味，多少人一生中苦苦追寻着爱情，到头来空欢喜一场，不是遭到背叛，就是爱人离世，真正美满的人不多，所以，一直相伴着走到生命尽头的人并不如想象的那样多。

相爱　绝不轻言放弃

　　关于享受，不同的人有不同的看法。对于享受幸福，不同的人有着不同的理解。一个脾气倔犟的女孩，总是对男友颐指气使，男友被要求做完一件事又被要求做另外一件事，可是男友从来不发脾气，而女孩在对男友提出了各种要求后，每一次都会觉得自己很过分，也很后悔，却不知自己该如何改正这个毛病。

　　一天，两个人一起外出看了一场电影，女孩被电影里的故事感动得泪水横流。电影中的女主人公跟女孩一样喜欢指使男主人公，可是那个男主人公一直容忍女主人公的脾气，直到有一天女主人公离他而去。看过电影，女孩问男友：如果有一天我也离你而去，会不会恨我？男友说：不会。女孩回忆着自己对男友的欺负和伤害，她哭了，她说自己是那样对不起他，可他仍然那么坚持着爱她，对她来说是一种享受，可是对于男友来说，是一种折磨，因为她是故意地折磨他。

　　女孩觉得自己应该结束这个恶作剧，因为她本来就不爱他。女孩给男孩留下了一封信，上面写着：请原谅我，我不能再这样享受你的爱，如果继续下去，我觉得自己是那么自私，祝你早日寻得属于自己的幸福。男孩看到信，虽然心里很难过，但也得到了解脱，终于知道了女孩对自己的态度，他觉得自己的付出虽然受到了伤害，但是结果也没那么可悲，对于一个不爱自己的人，完全没有必要去悲伤。他安排好自己的生活，开始用真诚等待着，希望能遇到一个知己。

对于感情，相信但不迷失，男孩的做法很正确。他与女孩之间，是爱与被爱的关系，而这种关系，实际上就是一种感觉。心与心的碰撞，就是一种默契，一人愿意奉献，一人愿意接受，但也有只接受不愿付出，只愿被爱而不喜欢去爱别人，这类人不免有些自私。文中的女孩就很自私，既然不爱，又不想放弃，直到最后良心发现，才放弃被爱，这就与真爱有本质上的差距。真爱，是两颗心的默契享受，而不是一方的无缘由的付出。

人们都希望被关爱，得到理解和尊重，如果相爱，就不要放弃，因为一旦爱上，就不要错过。有很多老人，在经历了半个世纪后，才辗转找回自己的爱人。虽然这样的故事非常值得回味，可是时间太久，错过了一切美好，包括最美的年华、最精彩的时光，等到终于成就了自己的爱，岁月已经过去了很久。可是，如果真的错过了，就会后悔一辈子。

人生，就是一辈子，要经得起考验，不让爱远离。人们常问：什么是爱？关于爱，有很多种答案。亲情、友情之间的爱很真、很纯，值得珍藏，男女之间的爱情浓烈值得回味，多少人一生中苦苦追寻着爱情，到头来空欢喜一场，不是遭到背叛，就是爱人离世，真正美满的人不多。所以，一直相伴着走到生命尽头的人并不如想象的那样多。

被人爱是一种享受，而爱别人也是一种享受。总有一些人深陷其中，尽情地享受着那种感觉。不管最后失望也好，获得了理想的结局也好，都是享受幸福的过程。幸福，是因为看到了希望，而不幸，则是对感受不到的幸福的一种失望。

　　有人在网上写出了人生的九大奢侈品，除了爱情之外，读后觉得其中有四项很重要：健康、心情、信念和童心，相对于爱情，享受人生，享受幸福，这四项必不可少。但在享受幸福的过程中，千万不能放纵自己。

幸福　是内心洋溢的一种感受

人们都在努力地奋斗着，用自己的双手打造幸福的生活。然而，决定幸福的并不是外界的环境，很大程度上取决于我们的内心。那些来自心灵深处的想法还有愿望，才是我们所理解的幸福。然而，什么是幸福？对这个问题，每个人给出的答案各有不同。

百度百科里给幸福的定义是：幸福是指人们感受外部事物带给内心的愉悦、安详、平和、满足的心理状态。马克思给幸福的释义更完整：幸福是指人之所以为人的真理与自己同在时的心理状态，包括一切真实的事物、人性的道理、他人的生命甚至动物的生命与自己同在等等，是一种心理欲望得到满足时的状态，是一种持续时间较长的对生活的满足和感到生活有巨大乐趣并自然而然地希望持续久远的愉快心情。

幸福有两种：一种是生活快乐就是幸福，另一种是人生没有痛苦就是幸福。追求快乐的生活，减少心灵上的痛苦，每一个思维正常的人都希望做到这一点。从古至今，人们对幸福的追求不曾停止过，从下面这些哲人的论断中可以窥见一斑。

精神的幸福主义者德谟克利塔斯认为：人生的意义应以快乐为主，所以人应该尽量愉快，摈除痛苦。幸福与否，乃灵魂之事，幸福不在于众多的家畜与黄金，而在于神明的灵魂上。

苏格拉底的幸福观是：善就是知，知就是德，德就是福。人生的本性是渴求幸福，其方法是求知、修德行善，然后是一位幸福之人。

无论圣贤还是先哲，对幸福的理解不同，但都不外乎善和德，给予与付出也是幸福的一种。予人玫瑰，手留余香，也是获得幸福的一种方式。

泰勒·本·沙哈尔博士的《幸福的方法》中讲述了一个名叫提姆的孩子，小时候的他，每天无忧无虑，把期盼每年假期的到来当成自己的精神寄托，平时则忙碌于学习，上初中的时候盼着到高中可以轻松一些，于是抱着牺牲现在就是为了换取未来幸福的想法全力以赴地学习着，每当遇到压力，他都会安慰自己，以后会好起来的。升入了高中，那些头衔和荣誉仍然推着他全力前进，他不甘心落在别人的后边。当提姆拿到大学录取通知书后，感到前所未有的轻松，他以为自己可以过上开心的生活，可是不久，他又开始了新的焦虑。大学的生活同样紧张，如果不努力，就要落后，为了取得更好的成绩，他仍然在忙碌着，大四的时候，他被一家公司录取，开始进入新的忙碌时期。

为什么提姆和他身边的人这样忙碌？泰勒博士说："这种幸福无法维持长久，因为它本身就是和负面情绪共生的。这就好比，一个人头痛好了之后，他会为头不痛了而高兴，但由于这种喜悦来自于痛苦的前因。当痛楚消散，我们很快就会把健康当成一种理所当然的事，病愈的喜悦早已消失得无影无踪。忙碌奔波型的人错误地认为成功即是幸福，坚信一旦成功后，幸福就随之出现。"

对于提姆来说，勤奋学习和努力工作之外的那种内心的忙碌和奔波，都是为了获得幸福，为幸福而劳碌的过程就是享受快乐，因此，提姆不会放纵自己，无论人生的哪一个阶段，都能做到时刻以荣誉约束自己。

抛开提姆式的自律，其实获得幸福并不放纵自己的方式很多，人们喜欢吃法式薄饼，通常将法式的食品与法国的浪漫相联结，在品尝的过程中，心中似乎有一种愉悦，这是来自浪漫法国的幸福甜点啊！为什么有这种感受呢？因为在法国，有很多关于法式薄饼的故事，其中之一是通过薄饼表达爱意的说法。对于热心给妻子做薄饼的丈夫来说，从做薄饼这样的细节里，找寻浪漫和幸福，也是满足自己感知的一种需要，这种需要使人们走向和谐的生活状态。

很多成功人士之所以成功，是因为他们曾经付出过常人所不能付出的代价，比如时间、金钱、精力，或者说牺牲了自己的很多快乐时光，用于商业上的应酬或者忙于其他事务，真正成功的人不会放纵自己的心灵，更不会在行动上有所体现。现在，越来越多的人已经认识到，成功人士并不一定要以牺牲自己的快乐为代价，那些在学海里泛舟的学者，那些在商海里拼搏的人们，无论为了学业，还是为了工作，每天都在辛勤耕耘的人们，他们的生活同样是开心的，因为他们懂得如何从学习中找寻快乐，如何从工作中发现乐趣。

从工作到生活，从遥望幸福到融入幸福，并得以在其中进行完美的体验，每一个懂得生活的人都有自己的切身感受。

　　生活真的平淡无味了吗？在经过婚姻的阵痛之后，很多食色男女对人生感到失望，对幸福的意义产生了怀疑。在秦海璐的首张音乐专辑《幸福回味》中，似乎找到了答案。在充满温度与情感的声音中，秦海璐带领我们告别生涩的爱情，进而追求成熟与智慧的甜美味道，当一首歌曲结束，放眼看向远方，目之所及，不再是狭小的缝隙中那一缕阳光，心胸开阔的同时，眼前的一切都变得无比美好。

追赶希望，就会朝着目标努力；
追赶幸福，就会充满希望；
追赶未来，就会载着快乐。

于力／摄

相爱过的人，他们只是用一朵花的名字呼唤另一朵花的名字，用一颗心交换另一颗心，用一种悲伤替代另一种悲伤。用一个我想起，又忘记另一个我。

罗雷／摄

活在当下　过自己想要的生活

有一篇转发的网文，题目为"初恋给我带来甜蜜"，这篇小文讲述了一个女孩从喜欢阅读爱情小说到最后走进初恋爱情的过程，文章将女孩子初恋时期的羞涩、甜蜜描述出来，带着读者走进了一个女孩的内心世界。"再见他，自己傻傻地笑着，听着他的甜言蜜语，听着他的海誓山盟，享受着他的牵手带来的温馨，那一段日子发现自己清秀美丽，那一段日子发现了初恋的甜蜜。"她说："偶然的相遇，完成了我初恋的梦。"之后，她完全释然。

虽然我们不知道女孩和初恋男友后来的结局如何，单就这一段时光的美好，对于女孩来说已经足够幸福。

另一个发生在 20 世纪 70 年代初期的初恋故事曾经震撼了无数人的心灵，故事的女主人公静秋即将高中毕业，她到农村采集革命传统故事的时候，遇见了在村长家吃饭的地质勘探队员老三，英俊的老三多才多艺，幽默风趣，不时开导因家庭出身不好而自卑的静秋，静秋对老三产生了好感。静秋回城后，老三来找静秋，静秋的母亲发现了两人之间的恋情，她找老三谈话，希望他能慎重考虑他对静秋的感情。后来，老三发现自己身患白血病，为了静秋，他忍痛离开。不明所以的静秋去了老三曾经住过的村子还有地质勘探队寻找老三，可是一直没见到老三。当静秋终于见到老三的时候，老三即将走到生命的尽头。在弥留之际，老三说："我不能等你一年零一个月了，也不能等你到二十五岁了，但是我会等你一辈子。"

这个用生命诠释初恋的故事，就是我们都熟悉的《山楂树之恋》。

如果初恋真的不值得回味，类似《山楂树之恋》这样的小说和电影为什么会让无数人感动？演员赵梓昕曾经这样评价这部电影："这样的故事，这样的情感。前所未有的震撼，那就是心灵的纯洁。"

是的，初恋的时候也许我们不懂爱情，但是初恋时的情感是最真挚也是最真实的。初恋男女都还年轻，那时天真地认为对方就是天底下最好的那个人。在大学的校园里，初恋的女友会因为初恋男友在操场上打球而为他加油喊到嗓子发痛；在火车站熙攘的人流中，送行的男友会在大庭广众之下亲吻女友，丝毫没有顾忌行走的路人，这就是初恋，身处初恋中的男女都会觉得自己是世界上最幸福的那个人。

其实，幸福的滋味不是钱的多少，而是一种心理体验，一种心灵的感受。当你感受不到幸福的时候，多回味或苦或甜的初恋，每回味一次，就净化一次心灵，对物质的欲求就会减少许多，初恋的一尘不染，会让你满足现在的生活，活在当下，就是对幸福的体验。

一个人能够拥有物质的、精神的满足，就会感到幸福。除此之外，幸福也是对未来的一种憧憬。世上无难事，只怕有心人。有期盼，才有动力，才不会轻易地放纵自己。出生于贫民区的玛丽，因为怀揣着一个音乐梦想，她不甘心在贫民区住一辈子，她不想看见每天从她面前走过的那些醉汉，她想过上自己的生活。于是，她外出求学，参加各种比赛，终于成为一名出色的音乐人才。

　　依靠自己的努力，玛丽过上了想要的生活，她并未像周边的人们一样，继续在贫民区里混日子，她的人生注定与众不同，她过上了自己想要的生活。

懂得取舍的生活艺术

如何打造自己的生活，每个人有着自己不同的想法。平时聊天，总会有人说买彩票中了大奖后会买房子、买车、旅游或与妻子离婚。可见，人们对物质的欲望是多么强烈，尤其对怎样挥霍来之容易的这笔钱财，他们绞尽了脑汁，结果，到最后空欢喜一场。就像很多参加高考的考生，当考完最后一科时，终于松了一口气，下决心要玩好一个假期，轻松享受考后的时光。有进了网吧包夜上网的，有去 KTV 唱歌的，有吃自助餐的，有去咖啡厅的，有回家一觉睡到自然醒的，淋漓尽致地玩是考生这时的心理，似乎在一夜之间，他们要找回失去的时光，弥补青春的遗憾，可是，放纵的结果，伤害的是自己的身体。

英国桂冠诗人约翰·梅斯菲尔德说，快乐的日子，使我们聪明。这句话很有哲理。没有快乐，人会变得愚蠢，有了快乐，同时也会让人们变得更加聪明。快乐不仅存在于春天的原野，也在秋天的季节，无论是哪一个季节带来的欢乐，都让人们享受着自然的回馈，在自然的怀抱中，人们可以听到小鸟的歌唱，也可以听到花开的声音，随之而来的，是心胸的舒缓和开阔，在宽容中，让友情深厚，让爱情惬意，让亲情温暖。

当一个人不快乐的时候，心灵就像筑成了一道墙，阻隔了与外界交流的视线。他会看不到明媚的阳光，也体会不到事业上的成就，更享受不到友情带来的欢愉。因为不快乐，让人的思想带上了重负，心灵的世界也变得晦暗，没有人在满是烦恼的那一刻，还能开心地看待世间万物。

生活的世界丰富多彩，虽然充满了矛盾，也给予我们很多馈赠，所以我们应该牢牢把握生活，当我们得到时，要知足，失去时，不要后悔。尽管人生的每一个阶段都会有所失去，也有所得到，但还是希望以平常心对待失去与得到。保持两者的平衡，生活的重心才不会倾斜。

有一位家庭主妇，在要过春节的时候准备给家里进行一次大扫除。老公每天工作很忙碌，下班较晚，儿子读初三，每天晚上有补课和晚自习，大扫除这件重活本来是要找保洁人员来做的，可是儿子读初三需要的费用很大，为了省几百元钱，只好由她自己来完成，她给自己制定了计划后，就开始工作。她首先开大了客厅里的音响，一边放着自己喜欢的动感音乐，一边劳动。虽然很辛苦，但在音乐的节奏中，她很快完成了客厅和房间的整理工作。

劳动结束，她躺在沙发上休息时，眼睛不住地欣赏着自己的劳动成果，一种自豪感油然而生。同时，在她的脑海里也不断涌现出闺蜜家里发生的一切。闺蜜家里拥有豪宅，但是并不快乐，很多次跟自己过不去，也曾想过自杀，她还去劝过几次，从闺蜜到自己，她终于看到了人与人之间的差距，不在于物质的丰厚，而在于心灵的平静。

她回想着自己跟老公结婚这些年来，虽然不像闺蜜一样能买得起名牌，但老公对她呵护有加，曾经也拿自己和闺蜜比较，看到人家有汽车，自己还骑着摩托车，她的心里有种失落；看到人家穿着貂皮，自己买个羽绒服都要思量好久，她的心里很不平衡。可是看着闺蜜穿金戴银，心里却总也高兴不起来，她又感到自己应该知足，老公工作勤恳、儿子学习努力，虽然经济上不富有，但心情很好，一家人生活在一起每天都很开心，这比什么都重要。

人们都想过上舒适的生活，给自己一个享受的理由。他们往往通过减压让自己的生活变得精彩。减压的最好方式是运动、读书，修身养性，是每一位知性人士必备的素质，追求快乐，并不是放纵自己；追求幸福，并不是无休止地排遣积郁已久的压力。幸福其实是很简单的一件事，身边有亲密朋友是幸福，有信仰追求是幸福，身体健康是幸福。享受幸福，朝着阳光出发，幸福就会洋溢在身心里的每一个角落。享受幸福不放纵自己，人生才能得以圆满。因为，生活的艺术在于懂得取舍。

超越梦想　让生命回味这一刻

多年前的一个晚上，一个刚领了军装的小伙子将军装穿在身上，坐在刚练习打出来的四方四角的行李上，与小他许多的女孩有一段对话：

"哥，你穿上这身绿军装可真帅呀！什么时候我也能和你一样穿上军装去部队就好了。"

"你还小呢，好孩子。好好学习吧，等你长大了考大学，那才是出息哪！"

"可是我只比你小四岁呀！我的个子已经和你一样高了。怎么就成了孩子呢！"

第二天，小伙子和一起成为新兵的同伴们去了火车站，女孩也跟着送行的队伍到了火车站。人太多，女孩抢不到前边，只能眼巴巴地看着火车开走，男孩因为当兵，第一次走出了这座县城，而女孩那时还没走出过这座县城。

女孩在回家的路上，回忆着跟男孩一起度过的快乐时光。那是在她懂事后，家里经历的第一次乔迁之喜。女孩的爸爸分到了一处新房子，他们全家都很高兴。更值得欣慰的是，又遇上了一家好邻居。邻居家有一个男孩，女孩叫他祥哥。祥哥小小的个子，比女孩还矮，但他活泼好动，常常领着一群孩子捉迷藏、做游戏，小伙伴们都愿意和他玩。用今天的语言来形容，祥哥就是凝聚力很强又具有团队协作精神的人。

每当夏日的傍晚，大家偷偷地从家里溜出来，到女孩家院子里看祥哥翻筋斗。祥哥身轻如燕，一口气能翻很多筋斗，就像杂技团的小演员一样，还能手撑地倒立着行走，常常赢得伙伴们的喝彩声。每当祥哥高兴时，还会不时地唱上几句样板戏，每当他唱戏的时候，女孩总是会记起几个小伙伴为了听戏，从剧院后面院墙的窟窿里钻出来再钻进去的情形。虽然那时娱乐活动不多，但大家也玩得非常开心。

印象最深的是那次大地震，从来没有经历过这种恐慌的孩子们，穿着很多衣服，无论白天还是黑夜，总是不敢在房间里入睡，担心余震会随时袭来。在最危急的时刻，是祥哥带领这一帮小伙伴跑进临时搭成的地震棚里，感受着一次次的余震。一群孩子挤成一团，互相取暖，在那些劫后余生的日子里，孩子们的快乐也或多或少地免去了大人们心头的忧伤。

随着岁月的流逝，祥哥长大了。但是，每天的东奔西跑，使祥哥荒废了学业。那一年，部队征小兵，祥哥虽然个子很小，但是，祥哥的认真表演，让征兵的首长满心欢喜。于是，祥哥穿上了军装，在欢送的泪水里，走进了绿色军营。民间的领袖走了，再也没有合适的人选接替他。孩子们逐渐地长大了，家长们对孩子的要求越发地严格起来。于是，伙伴们也都散尽了。

祥哥到部队后，经常给女孩的父母写信。每次的信中都会出现许多错别字，他问叔叔婶婶好，把"婶"字写成了"审女"；他说部队的伙食很好，每天都有馒头吃，"馒"字不会写，他画了一个圆圈；女孩的母亲身体不好，他让女孩母亲吃点活络丹，将"大活络丹"写成了"小舌各册"，每次男孩来信，女孩的父亲都会让女孩挑出错别字，并去信嘱咐他要注意多读书，练习写字。每当看到祥哥写的这些错别字，女孩总是感到很难过，她也意识到文化很重要。

后来发生的两件事，使女孩感触颇深。祥哥在部队刻苦训练，军事考核样样第一，部队领导推荐他去报考军事院校，但是文化考核多次都没有过关。及至从部队复员到地方后，祥哥又报考了艺术院校，也是由于文化课分数差的原因，始终未能如愿。能够上大学读书，终究成了祥哥的一个梦。从祥哥多次考试未果的教训中，女孩看到了祥哥的悲哀。虽然三百六十行，行行出状元，但是，理想的破灭仅在那一步之遥，对一个人的打击也许是最沉重的。后来女孩改掉了一边看电视一边写作业等一心不知多少用的坏毛病，终于让高考成绩达到了录取分数线，与班里的另外四名同学考进了位于省城的同一所大学。

上学的那一天，许多小伙伴到车站送她，祥哥也来了。女孩就要上火车了，她要乘着这辆火车去省城，女孩的脸上充满了喜悦。跟伙伴们告别后，女孩拿着自己的物品登上了火车。让她惊讶的是，祥哥也跟着上了车，祥哥给女孩十元钱，女孩坚决不收。她知道，祥哥刚刚从部队复员，每个月工资只有三十几元，可祥哥说："快拿着，钱不多，买几本书看，替哥好好学习，别像哥一样，记住了吗？"

列车鸣响了汽笛声，祥哥下车了。女孩手里捏着十元钱，泪水不断地涌出来。她知道这不是普通的十元钱，而是祥哥的希望。女孩从此走出了小城，载着自己的梦想，在人生的路上不断地奋斗着，终于有了生活和事业上的收获。

有一首歌被无数人传唱，歌的名字叫"超越梦想"，其中有几句歌词写得很好：

不在乎等待几多轮回，

不在乎欢笑伴着泪水，

超越梦想一起飞，

你我需要真心面对，

让生命回味这一刻，

让岁月铭记这一回……

为了梦想，超越自己，即使从没走出过的城镇，也可以通过努力走出去；即使从没乘坐过的火车，也会乘着火车奔驰到自己想去的地方。

朝着幸福的方向奔跑

人生就像赶火车，值得追赶的太多。有追赶梦的足迹，有追赶阳光的快乐，有追赶季节的变化，无论追赶的是时尚，还是追赶的是心情，实际上都在追赶着一个希望。怀有希望的人，是心中有目标之人，没钱的人追求金钱，有钱的人追求长寿，每个人追求的想法不同，追求的结果也不尽相同。

海伦·凯勒希望给她三天光明，虽然她没能得到那三天的光明，但她凭借自己的努力写出了那本书，让无数能看见光明的人禁不住感叹；电影《隐形的翅膀》中那个失去双臂的小女孩，克服了所有的困难，从绝望走向成功；一个因先天残疾不能坐着写字的小伙子，躺在床上写小说，在小说发表后，成为一家杂志的编辑。对他们来说，很多不可能的事经过努力成为可能，这也就是希望带给他们的神奇力量。

埃美·加西亚饰演的一个角色名叫卡门·萨尔加多，是芝加哥的一名19岁的在校学生，因受到嘻哈音乐的舞蹈氛围感染，几乎将她全部的时间都花在了去一家地下俱乐部跳舞上，在那里她找到了真正的梦想与激情。她自己创出了独特的舞蹈节拍，并在芝加哥街头表演，用实力证明着自己。对于卡门来说，希望自己的舞蹈梦想能够实现。

除了追赶人生这趟火车外，也有追赶爱情火车的人。一对大学毕业的恋人，因没有能力在一起工作，后来分手了。分手后，女孩仍然不能忘记男孩。她坐了很长时间火车来到了男孩家所在的镇上，她不知道男孩的家在哪里，只知道男孩回来后没找工作，而是自己开了一家游戏厅。镇子不算大，女孩在傍晚时分，一家一家游戏厅找，终于在找了五家游戏厅后，看到了男孩的身影。

为了追赶爱情而登上火车，也有因错过火车而失去爱情的例子。我的一位朋友，大学期间是全校闻名的才子，又因为为人开朗热情让许多女孩暗恋上了他，而他由于年纪比其他同学小的原因，从来没往恋爱方面想，让那些女生以为他不喜欢她们，后来也就断了那份欲谈恋爱的想法。其实他也不是不想，只是有一个女孩他也很喜欢。还没等他们明确地提出来，匆忙中已经毕业。女孩在离开学校的前一天对他说：明天我回家你能来送我吗？他也答应了女孩。可是，第二天他跟要好的哥们儿聚会，喝多了酒，等他赶到火车站的时候，火车已经开走。女孩很失望，本来准备好的话没等说出来就离开了这座城市。女孩以为他不喜欢自己，所以才不来火车站送她。此后，女孩跟班里所有的同学断了联系，杳无音讯。男孩毕业后忙于工作，后来成家立业，他们彼此再也没有联系过。

错过了火车，不仅会错过幸福，也会错过很多意想不到的生活。于是，"追赶"这两个字变得很重要。追赶希望，就会朝着目标努力；追赶幸福，就会充满希望；追赶未来，就会载着快乐。就像游牧民族的迁徙，没有最美的水草，他们不会轻易离开栖居的地方；就像养蜂人放蜂，如果没有花香，他们不会放弃最好的采蜜地点。所以，追赶，要有目标，没有目标的追赶，一切都是徒劳。

　　生活，并不都是拼命地赚钱的过程，还是修养身心的过程。每一个人都在努力着，虽然他们努力的结果不同，努力的结局或喜或忧，可是，谁能放弃呢？追赶梦想的人虽然很疲倦，仍然不会放弃。谁都希望过上幸福的生活，就像一列火车载着自己的梦想一样，要去的地方很美。当到达终点时，也许会发现那里的风景没有想象的美，所以，人生需要梦想，更需要宽容。用希望打败困难，用宽容对待失落，只有这样，人生的那列火车才能跑得更远。

第六章

遗憾也是一种美

造物主是非常公平的，不会让所有人在拥有美丽的同时也拥有财富，如果一旦拥有了美丽又拥有了财富，就该加倍地珍惜，用自身的能量去补充自己曾经有过的缺憾。如果既没有美丽的容颜，也不曾过上富裕的生活，说明仍需奋斗，用事业的成功去弥补先天的缺憾。一定要记住：遗憾也是一种美，只有加倍努力，才能让自己变得更加完美。当缺憾也成为另一种含义上的美丽时，才赋予生活真正的意义。

人生因为满足而快乐

人生因为满足而快乐，因为缺憾而失意。当缺憾被加倍地弥补之时，这种缺憾就会变成一种美，一种让人们在欣赏之时不停地心痛，不时地感动，在浸入骨髓之时，动容，然后，感恩。感恩这个世界带给自己的完美，感恩自己所享受到的幸福。

在《舞出我人生》电视栏目中，坚持一轮又一轮在场上进行比赛的舞者廖智，给观众留下了很深的印象。她优美的舞姿，秀丽的容颜，谦逊流畅的表达，一次次震撼了台下的观众。她是一个舞者，用生命在舞动着人生。

从小喜欢跳舞的廖智，长大后成了一名舞蹈老师。结婚成家生孩子，她完成了女人的"三部曲"，生活本该是幸福的，可是不幸一次次向她袭来。汶川大地震，带给她难以承受的打击。当她被埋了26个小时，顽强地挺到救援人员赶到终于得救的时候，她的女儿和婆婆却不幸离开了人世。打击接踵而至，她的双腿需要截肢，这就意味着她不能再站起来跳舞。截肢手术后，她忍着伤口的剧痛，创作出"鼓舞"，用她坚定的意志和信念，鼓励那些失去亲人和家园的人们。

命运的启明星不都闪烁在天空中，
有时也会闪烁在内心里，心透亮，启明星才会照耀着自己。
选择自己所爱的，爱自己所选择的，不求与人相比，但求超越自己。

罗雷／摄

把自己从枷锁中解脱出来，
多到外地去旅行，能够发现景色的秀美。
那些美好的时光，不仅存在于自然的风景中，
也存在于心灵的世界里，只有开启了心灵之窗，
才能看到飘香的稻花，才能看到诱人的风景。

赵明／摄

廖智在自己的博客里写道:"或许,应该憎恨这场灾难,它让我失去我深爱的宝贝女儿,也失去对我来说意义重大的双腿。但是,我真的没有一丝一毫的怨恨;相反,我从这场突如其来的灾难中悟到了很多……"当她悟出了灾难过后更应该坚强,失去了双腿后仍然不放弃梦想的道理时,她开始戴上假肢练习跳舞。她希望自己用残缺的身体,在舞台上进行完美的演绎,用艺术的魅力,去传递自己的爱心。

自身的缺憾没让她倒下,反而更加勇于直面自己的人生。面对遗憾,她给自己设定了一个目标,那就是去挖掘美丽,用爱和善良感动人们,从而让生命的质量得到提升。如果在地震前,人们能看到这个美丽的女子,或许会有人羡慕嫉妒恨,各种滋味一齐涌上心头,美丽和幸福、快乐和舞姿都让她一个人独享,而当地震发生后,她遭受的打击是致命的,她完全有理由自暴自弃,然而她没有那样做,她很清楚自己的现状,在忧伤之后,她冷静地给自己定位:继续跳舞。于是,在《舞出我人生》的舞台上,观众们看到了那个不畏艰难一直在努力地旋转着的舞者,一场接一场的比赛,她戴着假肢,沉重牵绊着她,可以想象她要忍受巨大的痛苦才能出色地完成各种舞蹈动作,她用自己的努力一次又一次地让观众的心灵受到了强烈的震撼。虽然没能拿到冠军,但她在人生的舞台上永远都是冠军。

就是这样一位失去双腿的姑娘,戴着假肢给受灾的人们送去衣服和粮食,还亲自给他们搭建起帐篷。网上有一张廖智在灾区的照片,虽然因为连续几天的高强度工作,让她看上去很疲惫,但她顾不上这些,仍然一如既往地当好志愿者,与灾区人民共渡难关。搭帐篷的时候，她的头被铁棍砸到了，她不顾疼痛继续工作；假肢进水了她也不停下来，依然帮助搭建帐篷。廖智以自己的行动感动着灾区的人们，一个孩子主动送给她一个小凳子，让她休息一下，可她仍然坚持把工作做完。

今后的生活中也许廖智还会遇上各种难题，可是，她有了缺憾的人生已经被她自己所营造的快乐填满，她将缺憾变成了一种快乐，这种快乐是互相感染的，她影响着周边的每一个人。其实，遗憾也不失为一种美，虽然这种美会让人心痛和难过，但是扎根心灵深处的那种美是任何物质上的财富都无法换来的。

就像唯美的维纳斯失去了双臂、音乐天才贝多芬失去了听力，有着坚强毅力的海伦·凯勒失去了光明一样，他们都有遗憾，在那些遗憾的背后，却是一种超乎寻常的美，这种美，会深深嵌入人们的心灵深处，让心海充实，让快乐充盈，让生活诱人。

用真诚感动世间万物

《小说月报》曾经刊登过一篇作家女真写的小说，题目叫"准备离婚"。这是一个读了让人愁肠百结的故事，小说里的男主人公阳光、帅气，为了帮助相貌丑陋的女主人公争取到单位的一套房子而与之领取了结婚证，两个人一直过着结婚前的独身生活，所不同的是两个人生活在同一个屋檐下。他们的生活中根本没有故事，只是在某个夜晚，男主人公喝醉后，两个人从此种下了生命的种子。

为了让孩子有个完整的家，男主人公和女主人公一直在准备着，孩子上幼儿园的时候想离婚，没离成；孩子上小学的时候想离婚又没离成；孩子上了初中高中，还是没离成，终于等到孩子上了大学，两个人正准备要离婚的时候，男主人公突然得了重病，生活不能自理。

本该离婚的女主人公此时放下了离婚的念头，开始照顾男主人公的生活起居，为他治病。当男主人公战胜病魔重新站立的那一刻，他们的脑海里又浮现出了离婚二字。女主人公此时相信男主人公这一次一定会离婚，想起这些，心中也有惆怅，或者说不舍。

　　小说的结尾，给我们留下了思考的空间，男主人公去深圳的一家企业工作，临行前笑着说："等我回来离婚。"小说的男主人公一辈子也没爱上女主人公，当他生病之时，女主人公的照料或许感动了他，当青春不再，无数的爱情从身边流逝，满头白发的他再也无力去追求崭新的爱情，于是，他的生活或者说他的人生就这样留下了遗憾。

　　在准备离婚的两个人中间留下的遗憾其实也是一种美丽，女人的相貌不好，始终是男人不满意的原因。男人出于善意去帮助女人，当房子分下来后他也不想再折腾，于是，就在摇摆不定之间，开始了他们纠结的一生。按照这个故事的走向，人们可以接受的思路就是，不必为自己的相貌遗憾，只要有一颗真诚待人的心，这颗心会感动世间万物，将缺憾补偿。

　　古时木兰替父从军，征战沙场虽然浪费了青春好时光，却因为战功显赫受到皇帝的嘉赏，可她抛弃了功名利禄，毅然回到家乡给父亲尽一点孝道，虽然世人皆认为她不该放弃荣华富贵，但对花木兰来说，尽孝道重亲情，不一定要当多大的官，或者拿到多少赏金。在这个故事中，花木兰不追求十全十美，而是把遗憾看成了一种美，一种别样的美，这种美，对于花木兰来说，就是人生的另一种收获。

别样的爱与宽恕

有一对相濡以沫三十年的夫妻，他们在曾经历过无数苦难之后，开始确信：人生的轨迹有时就是一个圆，在起点与终点之间徘徊，而从起点到终点的过程不能简单地完成，也许没有轰轰烈烈，而是默默无闻，正是这种平凡与普通构成了生命的轨迹。那些共同走过的岁月，那种艰苦难忘的生活，不仅磨炼了他们的意志，也使他们之间的爱得到了升华。在普通人看来，他们是不平凡的，而在他们自己看来，与其他人没有任何区别。

如花般的年龄，和其他女孩子一样，她无忧无虑，每天背着心爱的花书包，和同学们一起去上学。那两根长长的粗辫子，就在她跑动的时候上下地跳跃着，像同学们在操场上摇动着的大绳子。在快乐的时光中，她常常做着上大学的梦，有时候，睡梦中她会甜甜地笑出声音来，醒来后，才知道那是一场梦。

可是，随着知识青年上山下乡的热浪，在喧嚣的锣鼓声中，她穿着草绿色的军装，胸前戴着大红花，在周围孩子们羡慕的眼神里，在邻居大妈的嘱咐声中，登上欢送下乡知识青年的大卡车。

当夜晚的寂静袭上她仍沉醉在喧嚣里的脑海时，她感到莫名的孤独。听着青年点同学们轻轻的鼾声，她难以入梦。就在这样的午夜梦回中，熬过了三个年头，招工、当兵、上大学，似乎都与她无缘。于是，心灰意冷的她，嫁给了一位青年点的同学，决心扎根农村一辈子。

　　后来，他们有了儿子大江。除了辛勤地操持家务、抚育儿子外，在业余时间里，她为青年点的同学们义务做衣服，每日里在欢声笑语中，日子如水般地流逝着。

　　春天来了，知识青年都到山上去种地了。她带着孩子守在家里。她的心里总是感到不安，不知道为什么，一种强烈的愿望始终驱使着她去山上看看。那是一个浓雾笼罩的早晨，她看不清前面的路，就那样没有知觉地滚下了山。臂弯里挎着的小筐也随着她滚了下去，连同清晨起来烙的那些饼。醒来的时候，她躺在乡卫生院的病房里，那时的她还不知道自己将永远地躺在病床上。

　　后来，大批知识青年开始返城，而他们只将儿子送回了城里，两个人留在农村厮守着田园的生活。丈夫每天为她梳理着长长的头发，有时候也为她编一根长辫子，像她小时候一样。长大的儿子经常来信，向父母汇报在城里的学习情况。于是，在每一个黄昏，日影西斜的时刻，在自家院子里的葡萄架下面阅读着儿子的来信，构成了她生活的一部分。那个时候，从她脸上的微笑里看到了当年那个背着书包的小姑娘。

　　每当考上大学的同学们来信的时候，她的眼泪总是滴到心里，那里藏着她的梦。懂事的儿子体谅母亲的心情，克服了许多困难努力地学习，终于，考上一所名牌大学，圆了母亲年轻时的梦。

生活还在继续着。他们相依相伴，共同读着日升日落的那首诗。在这样的一个小村子里，延续着青春的激情和梦幻，以平凡和普通在生命的轨迹里前行。他们的生活应该是快乐的，虽然那里有着无数的遗憾。

他们没能像其他同学一样走进大学的校门，但他们可以从书本中学到很多，培养出比他们自己更出色的孩子。那个曾经美丽的姑娘，虽然容颜不再，更不能将自己打扮得漂亮起来，但是她还拥有完整的心灵，就像秦牧在《勇敢地追求着》里写到的那样：仪表、衣着、装饰的美好固然可以给人以美感，而心灵的美、智慧的美、行为的美所能激发起人们的美感，总是要比前者强烈得多。

所以，罗曼·罗兰说："多读一些书，让自己多有一点自信，加上你因了解人情世故而产生的一种对人对物的爱与宽恕的涵养。那么，你自然就会有一种从容不迫、雍容高雅的风度。"

人生最大的乐趣莫过于把这种平凡融入于日常生活之中，让每一天都平凡地度过，不祈求创造惊天动地的业绩，不在意人言的善恶，只要生活得平凡而不平庸，只要生活得普通而不入俗，还会有什么不开心和不快乐呢？当生活中有了缺失和遗憾的时候，要想办法去弥补，才能让生活更加快乐和充实。所以，平凡人常常会创造出不平凡的业绩，普通人走过的生活轨迹才会使他们变得不再普通。

给残缺的心留一丝念想

遗憾也是一种美，给残缺的心留点念想，回味起来就会幸福。乔布斯的苹果，虽然缺了一口，谁能说不好？维纳斯缺了双臂，谁又能说她不美？

每个人都是社会的一个客体，无论事业、前途、家庭还是亲情，都在自己所能策划的范围内，人们常常给自己设定一个人生范围，包括生活的圈子，尤其是道德和法律的界限。而所有的策划都基于社会人伦道德这一规则。

为自己策划人生的路线图，是一个人成长的重要过程，每个人都会经历过，正像我们每天做好工作计划一样，在人生的每一个阶段，也可以进行生活的规划，给自己设定一个生活的目标，策划生活，让人生更充实，规划人生，不怀疑生活的真谛，给自己设定一个目标，从而增强生活的信心，是很重要的一环。

有人说：出名要趁早。这句话虽然不是所有人都赞同，却有一定的道理。由此联想到规划人生，其实也要趁早。早规划，早付诸实施，可能会获得更早的成功。

如果年轻时没来得及规划自己，到了耄耋之年，仍要给自己一个交代。

每次给一位退休的老教授打电话，都发现她很忙碌。问起原因，她告诉我，每天太充实了，自己给自己设定了一个生活的目标，然后按照这个规划去实施，每天其乐无穷。

很多人以为退休了似乎就进入了人生的低谷，没有在位时的溜须拍马，没有了人前人后的殊荣，一定会寂寞难耐，有谁知道，退休的人还会有这样一份时间表，把每天的生活都安排得很丰满呢！

从时间上，人们可以这样规划，在其他方面，同样可以这样规划。

比如：夫妻之间有矛盾，反目成仇，可是又不想离婚，最好的办法是双方都能改变自己，为自己制定一个改正的规划。如果是因为在教育子女或者在对待老人的问题上意见不一致，可以思考这样的规划：从哪一方面做起或者如何做起才能更有效？

除了上述这些，其实，夫妻之间的沟通，恋人之间的表白，子女之间的亲情描述，朋友之间的信义，以及如何弥补友谊的裂痕等，这些都在规划的范围内。

人人都知道，选择一项适合自己的运动，可以终身受益。既然可以受益，为什么不早点选择？

上大学的时候，学校筹备召开运动会，有一个项目是竞走。当时很多同学都不敢报名。一个原因是体育课上老师从来没教过竞走，掌握不好动作要领；另一个原因是竞走这项运动的动作要求很严格，当双臂和双腿配合起来的时候，就像跳舞一样，在全院同学的面前这样扭腰送胯地舞动，都会不好意思。

父亲在大学时曾获得过国家级竞走运动员的称号，通过跟父亲请教，有了底气，先报上名，然后在父亲的指导下开始了严格的训练。

　　终于等到了比赛的那一天，在赛场上的严谨表现和竞走速度，让我获得了名次。从此以后，我喜欢上了这项运动。多年过去，当森林公园里不时出现暴走团的时候，随便哪一个团队走过来，只要想融入其中，凭着自己练过的竞走技能，都能跟上他们的步伐。可以说，竞走这项运动，让我终身受益。

　　选择一项喜爱的活动，一生可以沉浸于这种快乐，比如书法、绘画、歌唱、摄影、骑马、溜冰，等等。把这些可选择的项目规划到生活里去，虽然不是人生的全部，却也是生活的一部分。

　　百度里有一个问题：中年女人不爱自己的丈夫，常年分居，应该怎么活出自己的人生？

　　一位网友给出的答复是：离婚！如果能离就离吧。如果真的离不了，想办法和好，冷战对自己也不公平啊。

　　没错，如果实在过不下去，就离婚；如果还有一丝希望，为了孩子拯救一个家庭也未尝不可。人生不过几十年，何必自己跟自己过不去。不要钻牛角尖，如果都往长远看，给孩子以更多的亲情，自己找一项最适合自己的业余爱好，转移一下注意力，该爆发的家庭战争可能就会熄灭，即使不能和好如初，也可以相安无事。当然，如果有家庭暴力除外。

　　如果家里有一个每天喊叫的丈夫，妻子虽然不能忍受，但为了孩子，也要一天天坚持下来，等待孩子长大。最好的方式就是可以倾心交谈，尽管很多观点意见不一致，但如果他的心地很善良，只是因为压力或者焦躁而变得如此，那就应该进行一次规划，每天要做点什么才能改变他？有很多时候，他也是为她好，她的理解，让他感动，他也在试图改变自己。

　　生活还在继续，日子仍在流逝。规划好自己的人生，不怀疑自己，更不怀疑生活，当然，要懂得有取有舍。有得有失，有弃有取，生活里才不会留有遗憾。如果不失去别人都有的，就得不到别人都没有的。尝试着规划自己，才能不虚度每一寸光阴。即使感到遗憾，那种遗憾，也不失为一种美丽。因为，你没背离道德的层面去追求不曾属于自己的东西，当你将遗憾视为一种美的时候，感受内心的充实，定会体验别样的人生。

没有完美的婚姻和爱情

那个名叫奥斯汀的姑娘终身未嫁，她将自己的全部时间和精力都投入到写作中，用她理性的思考、真实的笔触，反映着一个时代生活的剪影，从而留下了包括《傲慢与偏见》在内的一系列小说。尽管她于 42 岁就过早地离开了人世，但是她的《傲慢与偏见》却在 8 年中印刷了 21 版，这不能不说是文学史上的一个奇迹。

由《傲慢与偏见》改编的同名电影，赢得了世界性的广泛赞誉。时至今日，仍然令我常常忆起大学时代里英国文学欣赏课上播放的原声录像，葛丽尔·嘉逊与劳伦斯·奥立弗分别扮演的高傲而博学的伊丽莎白与性格偏执的达西，那栩栩如生的艺术形象始终记忆犹新。因而，更加惊叹于奥斯汀的小说《傲慢与偏见》所具有的无穷的艺术魅力。

爱情与婚姻不同，爱如花，情如茶，若把花比喻成情，茶便是婚姻，无论如何诠释，都无法达到完美的境界，也许，婚姻的起源和本质决定了这一点。由于对婚姻始终抱着理想化的观念，并在诠释完美婚姻的过程中对婚姻的深层次的了解，奥斯汀才终身未嫁。托马斯·马科莱将奥斯汀誉为"写散文的莎士比亚"，爱尔兰文学家、作家和文学评论家弗兰克·奥康瑙尔评价奥斯汀是"英国文学最伟大的技巧巨匠之一，她在文学方面炉火纯青就像莫扎特在音乐方面完美无缺一样"。能够得到这样的赞誉，不仅仅是她精湛而准确的人物刻画及结构的合理设计，更重要的是小说中深刻的思想内涵和鲜明的时代特征表现了当时的社会风貌，具有伟大的现实意义。

因《傲慢与偏见》，我们为奥斯汀那逝去的短暂生命而扼腕叹息，对她在小说中所展示的婚姻观进行重新审视，也许对于今天的我们不无裨益。尽管"傲慢与偏见"的心态和情态在当今社会有所改观，但是，理想中的爱情与婚姻仍是人性完善的一个重要组成部分。哪怕人们在追求理想的爱情与婚姻之时，难免陷入海市蜃楼的虚无中。或者说，理想的婚姻有时可能只是一幅挂在墙上的画，可观赏而不可尝试。

我们知道，纯洁的爱情一旦介入了金钱的砝码，那么婚姻注定会掺杂过多的水分，尽管两情相悦，如果离开了物质的追寻，婚姻不免会陷入尴尬的局面。如何才能诠释完美的婚姻，让理想中的爱情得以实现，或许是一段漫长的路程，同时也取决于人物的性格与命运。

朋友沈园说，爱情，是个体的一种心灵情感，只不过这一种情感是那么让人憧憬和渴望；而婚姻，则是个体的一种社会行为，它由社会群体的文化、意识、道德和阶级（或阶层）所左右。无论爱情，还是婚姻，在文学作品中都是一种社会现实的反映，即使是所谓的实验派文学也是如此。偏见与傲慢不是针对婚姻和爱情的，那是不同文化、意识、道德和阶级（阶层）的碰撞。

有的茶没有加花，它仍然是真正的好茶；有的茶虽然加入了花，但它仍然不会是真正的好茶。加了花的茶，它是一种追求的体验。为什么会有婚姻法？怎么没有爱情法？这就是婚姻与爱情的本质不同。没有完美的婚姻，也没有完美的爱情，幻想的爱情不现实，现实的婚姻也少了很多浪漫。

最后留下的就是最珍贵的

花与茶，可以理解为爱情，也可以理解为婚姻，也有人将其理解为亲情和友情。个人的认识不同，理解的程度也有差异。好比做一件事，得到众人的反对，在一片反对声中，获得了成功，又因成功而感染了一批人，成为强有力的支持者，这样的奇迹往往发生于亲情之间。

有一个关于茶的故事，主人公名叫陈昌道。他的父亲是种了一辈子茶的茶农，到了他这一辈，父亲希望他们兄弟两个能成为读书人。结果，陈昌道从老家出来去了北京，他不满足于开个小茶铺，就在北京弄了个大卖场，他发动所有卖茶的店家，都到这个大卖场里来卖茶。迈出第一步后，他还是不满足，又回到老家开茶厂，还将研究生毕业的弟弟也找来帮他管理。起初，他的父亲坚决反对，他认为自己苦熬苦攒地供儿子读书，就是不想让孩子们将来做茶叶这一行，可是，事与愿违，两个儿子还是没离开茶。

虽然父亲不理解，陈昌道仍然继续筹备茶厂事宜，经过多次与父亲沟通，对茶有着深刻研究的父亲也理解了儿子对茶的经营思路，不仅不再阻拦，还亲自到茶厂和工人们一起劳动，这让陈昌道非常感动。父亲给予儿子无私的帮助，儿子则在心中有一份规划，准备将事业做得更好以报答父亲的支持。

浓浓的亲情让事业和人生发生改变，淡淡的友情让人生得到舒展，友情不是相约好友一起喝茶，而是在品味茶的浓淡时品读人生。酸甜苦辣，是人生的滋味，也是人们之间相处的不同方式。不同的滋味，才让人生更加丰富。舌尖上的茶，只要回味，定能从苦涩中找出辛酸、找出痛苦、找出快乐，所以，一杯茶，就是一段人生。

由茶及人，又至友情，唐代中期的两个人不可不提。一位是《茶经》的作者陆羽，一位是擅长写茶诗的皎然。两个人同处一个时代，又交往甚多，因对茶的共同喜好让两人之间保持了如茶般的情谊，皎然被称为陆羽的"缁素忘年之交"。陆羽著《茶经》，不仅对茶进行了深刻的剖析，更倡导节俭的品茶习俗。皎然是陆羽一生交往时间最长的朋友，他们在相聚品茶之时，不忘写诗作赋，皎然在《九日与陆处士羽饮茶》一诗中不仅盛赞茶香，也描述了几次饮茶的切身感受，在陆羽对茶的研究中，皎然又将茶的功用与思考用文学形式表现出来，可见，茶对于文人雅士的深刻影响。从喝茶吟诗中，陆羽与皎然的友情令人称道。他们使当时兴起的茶文化和茶文学以及品茶的内涵得到了提升。

品茶，留香于唇齿间，留下的是对人生的思考和回味，而思念，则如花，暗香余留于心间。人们总是希望获得一朵花的爱情，却在这形式之外，注入了几许思恋、几许无奈，将凄美的情与清淡的茶放在一起，走心入口，个中滋味千万种，却没明白，

在三生花草里倾注真情，在灵魂的世界里浅吟低唱，在水筑的灵魂里缅想，才能透过心灵的微笑，存一片净土给自己，成为完美不放纵的人。

赵明／摄

心中的红叶不只是旅途中遇到的最难忘的那件事，
也不只是心底封存的那个故事，
它是用友情和宽容填充的一种生活，
更是让生活成为奇迹的一种幸福。

赵明 / 摄

所有的结局最后都只是两个字：宽容。

　　品茶是需要时间的，时间能够沉淀一切，在品茶的过程中留足了思考的空间，浮躁的气息就会渐渐远去，因为茶的香气在沁人心脾之时，烦恼自会远去，茶的功用是让人们冷静。散开的茶，慢慢地在水中舒展，就像友情的虬枝，不断地伸展，在茶香里倾诉与交流，是喝茶的另一种情趣，这段情就是友情。

　　人生可能会遭遇很多段情，受过很多次伤，抑或谁的人生不悲伤？但无论是亲情，还是友情，或者爱情，就像茶，每一次都有浓有淡，浓淡相宜恰到好处，每一次的冲泡，就是一次过滤，最后留下的就是最珍贵的，与人们一样，最宽容的，留在了最后。

第七章

在烦恼中找寻快乐

悲凉是人生的一种形式，快乐则是人生的一种状态。形式来源于外在的表象，而快乐才能走入内心，像风声雨声读书声一样，入耳也入心。在快乐中感受快乐，体悟不会深刻，在悲凉中注入一丝快乐，才更让人难以忘怀。所以，快乐是有条件的，如何获得快乐以及获得怎样的快乐，才是最重要的。

从正能量中找到前行的方向

在微信上读到一个关于汤普森夫人的故事，因为感人，据说西方将这个故事传递给所有的老师和教育工作者。那一天，在读到这个故事的时候，我也控制不住流下了泪水，这个原本会让人心里难过的故事，因为主人公的真诚，这个故事的结局产生了快乐的效果，值得回味，也令人感动。

那是一个关于老师和学生的故事，老师就是汤普森夫人，学生的名字叫泰迪·斯托达德。

新学期开学的时候，小泰迪升入了五年级，学校给他们班换了新老师，这位老师就是汤普森夫人。

第一天上学，汤普森夫人走进了教室，在同学们面前她向大家表态说她会对学生们一视同仁，可是当她看到教室前排坐着的男孩泰迪时，她知道自己不可能平等地对待每一名学生。因为泰迪的穿着很不规整，看上去不干净，汤普森夫人心里也产生了厌烦的情绪，即使看到泰迪的试卷，也会不耐烦地给他画个叉。

学校里要求老师们仔细审阅每一名孩子的学业记录，汤普森夫人拿出了学生们的档案，她将全班同学的档案快看完的时候，最后才看到泰迪的档案。她惊讶地发现，泰迪一年级的老师赞扬泰迪是个聪明的孩子，经常微笑，作业写得也很整洁，还能给身边的人带来快乐。泰迪二年级的老师仍然赞扬泰迪是个优秀的学生，同学们都喜欢他。然而，泰迪也有烦恼，就是自己的母亲得了重病，家里的生活也过得艰难起来。泰迪三年级的老师认为，泰迪母亲的去世，对他的打击很大，尽管泰迪也在努力，可是因为泰迪父亲没有责任感，使泰迪的家庭现状与过去无法相比，同时也对泰迪产生了不利的影响。泰迪四年级的老师则给泰迪下了结论，说他性格孤僻，不爱学习，没有朋友，还会在课堂上睡觉。从一年级到四年级，不同的老师给出了不同的评价。

当汤普森夫人看到这些评语的时候，她意识到自己不该这样看待一名学生。在为自己的行为感到羞愧的同时，她开始想办法弥补自己的缺失。

一年一度的圣诞节来临，汤普森夫人像往年一样收到了很多圣诞礼物。在众多包装鲜艳的礼物中，汤普森夫人却看到了一个牛皮纸包装袋，她打开袋子，里边是泰迪送给她的两件礼物。一件是一只缺了一颗水晶的水晶石手链，另一件是一瓶只有四分之一的香水。当全班同学看到泰迪送给老师的礼物时，他们开始嘲笑泰迪，但是汤普森夫人制止了那些孩子。她当着全班同学赞扬那只手链，随后戴上了手链，还在手上搽了一点香水。

汤普森夫人没有想到，放学后泰迪对着她说了一句："汤普森夫人，今天你身上的味道就像我妈妈以前一样。"就是泰迪的这句话，让汤普森夫人在教室里停留了很久，她哭了，为泰迪带给她的感动，也让她开始了新的思考。

自从那天以后，汤普森夫人不仅研究怎样教学，还研究怎样教育这些孩子，更对泰迪倾注了极大的爱心。当泰迪学习出现问题时，汤普森夫人就鼓励泰迪，与他一起学习，这对本来就很聪明的泰迪来说，起到了催化剂的作用，他开始用功，成为更聪明的孩子，奇迹也被他一次次地创造出来。

一年以后，泰迪给汤普森夫人写了一张字条，大意是说汤普森夫人是他一生遇到的最好的老师。6年后，泰迪给汤普森夫人又写了一张字条，告诉汤普森夫人他以全班第三的成绩高中毕业，同时他认为汤普森夫人是最好的老师。又过了几年，汤普森夫人陆续收到的字条是泰迪拿到了学士学位、泰迪拿到了医学博士学位。

当泰迪再次来信的时候，是告诉汤普森夫人自己要结婚的消息，他希望汤普森夫人能够参加自己的婚礼并坐在新郎母亲的位置上。汤普森夫人戴着多年前泰迪送给她的那条丢了颗水晶的手链，喷了泰迪送给她的自己母亲用过的香水，去参加了泰迪的婚礼。在结婚典礼上，斯托达德博士深深地感谢着汤普森夫人，他说是汤普森夫人让他成就了自己。汤普森夫人却满含着热泪说是泰迪教会了自己如何做一名老师。

从这个故事里，我们看到了汤普森夫人作为一位老师，对学生赋予了平等的爱，让泰迪从失去母亲后那个邋遢的孩子成为有所作为的人。是她的爱心和鼓励，让泰迪在失去母亲的悲伤中体会到了快乐，并在这属于自己的快乐中鼓足了勇气去面对同学的嘲笑，去找回失落的自己。汤普森夫人以负责任的态度完成了工作，向学生奉献了爱心。泰迪接受了老师的爱，从汤普森夫人的正能量中给自己找到了努力的方向，成就了一番事业，这些足以证明：悲凉并不可怕，注入一些快乐，才更值得回味。

痛并快乐着的人生年华

苦乐人生，是人们经常发出的感慨。痛苦与甜蜜相伴，苦尽甘来的感受是最让人愉悦的，因此，很多人曾经痛苦却也在快乐着。

有一部电影名为《老港正传》，讲述了平凡人的平凡故事，也是一位忠厚老实的电影放映员和他的贤妻的故事。影片的时间跨度很长，各个时期的艰难环境都以电影手法表现出来。虽然是一部香港电影，却有着内地人比较熟悉的内容。印象最深的就是片中的女主人公，一辈子都在忙忙碌碌中度过，为了丈夫和儿子，她不怕自己吃苦，就是这样一位穷苦的女子，最后却因心脏病突发而离开了这个世界。她的一生以及最后的结局令人唏嘘，然而，在她的身上，人们看到了乐观和坚强，尽管看似悲凉，她的内心却感受着快乐。面对艰难的生活，她不是叹气或气馁，面对丈夫让她受到的委屈，她也不是愤怒和怨恨，而是以自己的生活方式激励着身边的每一个人。

观赏这样一部电影，难免不让人动容。据说演员在饰演这个角色时，曾经为主人公的经历感动得禁不住哭泣。在悲凉中演绎的那份父子情、母子情以及夫妻之情，是感动观众的重要元素。过去的生活很苦，但会让人感到快乐。很多人表面上看着快乐，但内心其实很苦。影片表达的就是平凡中的生活，处处呈现着精彩，而欢笑中又让人落泪，不时地感动。

我们不仅能在电影中观赏到那种注入悲凉中的快乐，在昆德拉的小说里，仍然能够看到男女主人公之间的那种快乐，这快乐里包含着作者营造出的一种奇异的快乐和悲凉。女主人公特丽莎清楚地意识到自己对待男主人公托马斯是那么不公平，她认为自己如果真是怀着伟大的爱去爱托马斯，就应该在国外坚持到底！托马斯在那里是快乐的，新的生活正在向他招手！然而她离开了他！确实，那时她自信是宽宏大量地给他以自由。但是，她的宽宏大量难道不是个托辞吗？她始终知道托马斯会回到自己身边的！她召唤他一步一步随着她下来，像山林女妖把毫无疑心的村民诱入沼泽，把他们抛在那里任其沉没。她还利用那个胃痛之夜骗他迁往农村！她是多么狡诈啊！她召唤他跟随着自己，似乎希望一次又一次测试他，测试他对她的爱；她坚持不懈地召唤他，以致现在他就在这里，疲惫不堪，霜染鬓发，手指僵硬，再也不能握稳解剖刀了。

当两个人在舞池里跳舞，沉浸于快乐之时，特丽莎向托马斯坦陈是因为自己的错而使托马斯降低了自己的身份，使他不能再当医生，而如果两个人继续在苏黎世生活，托马斯将是一位外科医生。托马斯则说特丽莎是一位摄影师，而特丽莎认为托马斯的比较很愚蠢，她对托马斯说："你的工作对你来说意味着一切；我不在乎我干什么，我什么都能干。我只失去了一样东西，你失去了所有的东西。"

为了打消特丽莎的顾虑，托马斯反问特丽莎是否感觉自己在这里很快乐，特丽莎的回答却是外科才是托马斯的事业。"追求事业是愚蠢的，特丽莎，我没有事业。任何人也没有。认识到你是自由的，不被所有的事业束缚，这才是一种极度的解脱。"

正是托马斯的回答，让特丽莎回想起托马斯修车的一幕，同时她也看到了托马斯正在变成一只温顺的兔子，而变老和温顺，正是特丽莎所希望的。小说里的一句话对悲凉中的快乐进行了最经典的阐述："他们随着钢琴和小提琴的旋律翩翩飘舞。特丽莎把头靠着托马斯的肩膀，正如他们在飞机中一起飞过浓浓雨云时一样。她体验到奇异的快乐和同样奇异的悲凉。悲凉意味着：我们处在最后一站。快乐意味着：我们在一起。悲凉是形式，快乐是内容。快乐注入在悲凉之中。"

很多人在没有目的地放弃了自己的目标还有内心曾经坚守的东西后，变得虚弱无力，变得没有力量，就像托马斯一样，但是，对于托马斯本人以及无数个托马斯来说，这是他们喜欢的一种方式，这种方式也许是爱，也许其中还包含很多人们无法洞悉的内容，不管哪一种，都是一种生存的需要。

生命不能承受之轻

1968 年，初春。捷克首都布拉格郊外小酒馆。

脑外科医生汤马斯邂逅了女招待泰丽莎，虽然一见倾心，却不得不立即告别。失落的汤马斯一回来就与画家萨宾娜坠入情网。当泰丽莎追随汤马斯而来，汤马斯为泰丽莎清纯、质朴的气息所倾倒，两人同居后，汤马斯找萨宾娜为泰丽莎介绍工作。在萨宾娜的帮助下，泰丽莎的摄影作品发表了。随后，汤马斯与泰丽莎结婚。但本性放荡的汤马斯婚后仍然与萨宾娜和其他女人鬼混。泰丽莎不能容忍汤马斯的风流，悲愤地提出分手后离家出走。汤马斯到街上寻找泰丽莎，正遇上苏军坦克开进布拉格城，爱好摄影的泰丽莎因被眼前的情景所感染，拍摄下了许多珍贵的历史镜头。正在拍摄的泰丽莎被发现，受到了盘问，汤马斯赶来解救，泰丽莎因为感激，与汤马斯和好。与此同时，萨宾娜流亡到了瑞士。经历了一些曲折后，萨宾娜离开瑞士去了美国，泰丽莎则带上名叫卡列宁的小狗也离开了瑞士，在给汤马斯留下的信中她写道："对我来说，人生是很重要的，而你对待生活却是那样的轻浮。我是个软弱的女子，对你的轻浮我不能容忍。与其等着被你抛弃，倒不如趁早回到自己弱小的祖国去。"汤马斯读信后幡然醒悟，立即去找泰丽莎，却因为发表一篇文章受到了官方的限制，在艰苦的生活中，再次受到诱惑而出轨。本已原谅他的泰丽莎感到非常恼怒，也以自己的出轨报复汤马斯，悔悟的泰丽莎在投湖自杀时，被汤马斯救下。在历尽磨难后，两人来到证婚人的家里，后来，过着朴素的田园生活。就在两人感到生活如意之时，却发生了车祸。

这是电影《布拉格之恋》的故事情节，改编自米兰·昆德拉的小说《生命不能承受之轻》。

毋庸置疑，昆德拉以其爵士乐手和电影创作的经历、以特有的跳跃性的语言和理性的思维奉献给世人的《生命不能承受之轻》，以非常特别而又十分严谨的结构，以曾经抒发内心思想的诗意的语言，演绎出书中人物的四重奏。他分别赋予主人公小提琴、中提琴和大提琴的演奏效果，使这本书俨然一个乐队，在和谐中互相衬托和呼应。在回旋着的"永劫回归"中，借主人公之口，抨击着媚俗，刻画着特定历史时期的人生百态，向我们叙述着两个"没有意义"。

其一："永劫回归"的幻念，无论是否恐怖、是否美丽、是否崇高，都已经预先死去，永远消失，没有任何意义。其二：如果"永劫回归"是最沉重的负担，我们的生活就能以其全部辉煌的轻松，来与之抗衡。反之，如果完全没有了负担，人会变得比大气还轻，脱离大地及真实的生活。所以，运动自由却毫无意义。因此，我们发现：昆德拉赞成尼采的"永劫回归观"："生命的每一秒钟都有无数次的重复。"于是，我们就会"像耶稣钉于十字架，被钉死在永恒上。在永劫回归的世界里，无法承受的责任重荷，沉沉地压着我们的每一个行动"。

昆德拉对于人们的选择提出了疑问：生命究竟是沉重还是轻松？沉重便真的悲惨，而轻松便真的辉煌吗？同时，他也回答了我们这样的问题：最沉重的负担同时也是一种生活最为充实的象征，负担越沉，我们的生活也就越真实。所以，他借用了古希腊哲学家巴门尼德的解释："轻为积极，重为消极。而轻与重的对立最神秘，也最模棱两难。"

从对人类的永劫回归以及对生命的轻与重的回答中，我们也许不能完全理解昆德拉，理解昆德拉富有哲理的语言，理解昆德拉从音乐走向小说，又从小说走向哲学的历程。然而，我们可以对昆德拉倾注笔端的那一特定的历史时代有所回顾，从而去深思"永劫回归"的内涵。尽管我们看到的人物不尽完美，比如汤马斯的犹豫不决、特丽莎的怀旧情结、萨宾娜的悲伤情绪、弗兰茨的不忠与无奈等。然而，我们不得不敬佩他们面对入侵时的勇敢与正直。

生活中，我们总能理解音乐与语言的关系以及媚俗的本质，从而理解了生活的真实，并从这些理解中去感受生命所能承受的一切内涵。有谁会提问生命究竟是沉重还是轻松？谁又能回答沉重便真的悲惨，而轻松便真的辉煌吗？可能，最沉重的负担同时也是一种生活最为充实的象征，负担越沉，我们的生活也就越真实。

古希腊哲学家巴门尼德说："轻为积极，重为消极。而轻与重的对立最神秘，也最模棱两难。"《布拉格之恋》与《生命不能承受之轻》，解决了尼采与那些哲学家们常常纠缠的一个神秘问题，找到了百思不得其解的答案。在轻与重之间，人性回归。

以读书解开人生的困惑

昆德拉在1985年5月参加耶路撒冷文学奖颁奖典礼时说："人们愈思索，真理离他愈远。人们愈思索，人与人之间的思想距离就愈远。因为人从来就跟他想象中的自己不一样。当人们从中世纪迈入现代社会的门槛，他终于看到自己的真面目：堂·吉诃德左思右想，他的仆役桑丘也左思右想。他们不但未曾看透世界，连自身都无法看清。欧洲最早期的小说家却看到了人类的新处境，从而建立起一种新的艺术，那就是小说艺术。"在演讲结束的时候，他仍然没有忘记将那篇答谢辞归于小说的智慧。

昆德拉喜欢说这样一句话："小说艺术就是上帝笑声的回响。"他确信：小说是一门受上帝笑声启发而诞生的艺术。因此，从音乐与语言的关系中，昆德拉以其自身的经历归纳出："音乐能使人迷醉，是一种最接近于酒神狄俄尼索斯之类的艺术。没有谁真正沉醉于一本小说或一幅画，但谁能克制住不沉醉于贝多芬的第九交响乐、巴脱克的钢琴二重奏鸣曲、打击乐以及'甲壳虫'乐队的白色唱片集呢？"同时，音乐能够"打开身体的大门，让他的灵魂走入世间，获得友谊"。因而，音乐是"对句子的否定，是一种反词语"。

关于媚俗的本质问题，昆德拉借用萨宾娜的思索表达了他的看法。"只要留心公众的存在，就免不了媚俗。不管我们鄙视与否，媚俗是人类境况的一个组成部分。"因为，媚俗所引起的感情是一种大众可以分享的东西。媚俗是所有政客的美学理想，也是所有政客党派和政治运动的美学理想。而现代主义在近代的含义是不墨守成规，反对既定思维模式，决不媚俗取宠。

生活原本是真实的，只是作家们经常以小说的形式进行加工和改写，在我们了解真实生活的基础上，对生活有了更深层次的认识。正如卡夫卡所说："生活在真实中。"

《生命不能承受之轻》中，主人公弗兰茨从遇见萨宾娜的那一刻起，就一直生活在谎言中。为了跟萨宾娜在一起，他与妻子离婚，而当他找到萨宾娜，告诉他自己离婚的消息时，萨宾娜却离开了他。正如昆德拉曾经提出的疑问：生活在真实中意味着什么？

也许，我们在生活中会遇到不同的人和不同的故事，无论稀奇抑或平庸，只要生活在真实中就意味着推翻私生活与公开生活之间的障碍。生活在真实中既能体验到奇异的快乐也能体会同样奇异的悲凉。而悲凉是形式，快乐是内容。快乐注入在悲凉之中。这才是真实的生活。

韩少功曾言："昆德拉由政治走向了哲学，由强权批判走向了人性批判，从捷克走向了人类，从现实走向了永恒，面对着一个超越时空而又无法最终消灭的敌人，面对着像玫瑰花一样开放的癌细胞，面对着像百合花一样升起的抽水马桶，面对着善与恶两极的同位合一。这种沉重的抗击在有所着落的同时就无所着落，变成了不能承受之轻。"可是，谁又能与生命抗衡呢？谁又能承受这不能承受的生命之轻呢？通过读书，也许会解开关于人性的诸多困惑，从而更加相信，注入在悲凉中的快乐也不失为一种快乐。

珍惜，让我们拥有这份友情，遥遥旅途没有驿站；
珍惜，让我们固守那份真情，心灵之旅没有终点；
珍惜，使我们成熟，认真地对待生活，收获着岁月赐予的果实。

赵明／摄

幸福也许是沙漠里的一口水，或者是雨季里的一把伞；
幸福也许是冬日里的一丝暖阳，也可能是炎夏里的一丝清风，
幸福的程度，完全取决于体验幸福的那个人。

赵明／摄

用坚强挑战生命的极限

在俗世中已经挣扎了太久的我们，那颗迟钝的心或许早已变得麻木抑或千疮百孔，不论沉湎于失落的爱情中的年轻人，还是在沉重的生活重压下的中年人，或是病魔缠身的老者，对生活的渴望似乎少了很多激情。而读过李西闽的长篇纪实散文《幸存者》，让我们的心里残存着一种痛，继而生发出一种痛彻心扉的感悟，这样的感悟虽然沉重，却让灵魂得到了救赎。

沉浸于他的文字里，我们能看到作者在月夜里的失落和恐惧，在不见日光的缝隙中的饥饿与缅想。回顾与怀念，或许成为作者那一时刻的心灵盛宴。

而我们，于沉重的思索之后，对人生、对生存、对亲情、对友情、对爱情则有了更深层次的认识。于是，我把这本《幸存者》看成是最具心灵震撼力的一本书，最能让灵魂得到救赎的一剂良方。

几年前读学者江堤的《瓦片》，曾经在头脑中产生这样的想法：一个人的灵魂是有形的，而一个灵魂有形的文化人，则一定是一个具有文化人格的人。42岁的江堤在慨叹"许多经典的旧式建筑在现代化的改造中灰飞烟灭"的同时，也呼吁"这个时代迫切需要的不是一座建筑，而是一种生活方式"。他认为重塑工作，实际上是"灵魂的重造工作"。遗憾的是江堤42岁的生命成为他人生的极限。

江堤永远地逝去了，却留下了"最可怕的不是物质的废墟，而是精神的废墟"的思索。西闽顽强地生存下来，让我们看到了人格高尚的文化人，害怕的不是死亡，而是精神的孤独，是灵魂的孤绝无助。在《幸存者》的文字中，我试图找到这样虚幻而又真实的痕迹。

2008年的5月，是我一生中最不愿意面对的日子。那些日子，不敢面对电视，不敢面对电脑，终日以泪洗面。既渴望受难的人们获救的消息，又惧怕获悉震后劫难的信息，在渴望与恐惧中生活，这样的状态既是心灵和灵魂随时碰撞的生存特色，也是大自然让人们享受山川草木之美好的同时，又让人们在他们的威慑下饱受了折磨与痛楚。

在黑色的日子里，我曾经听说作家西闽被埋在了震后的废墟中，经历了无数心灵的磨难和肉体的痛苦，终于在76个小时后获救。那一刻，所有牵挂他的认识的和不认识的人们都松了一口气。

我以为，这位作家从此会生活在隐痛中，惧怕回忆，躲在某个城市的一隅，或者疗伤，或者写作，也许，不是生活抛弃了他，就是他惧怕了生活。然而，顽强的他，在伤痛并未痊愈的时刻，勇敢地拿起了笔，用他那曾经受过重伤的手，一个字一个字，艰难地写下了他在整整三天三夜里长达76个小时的生死体验。在那些委屈与愤怒相交织、感动与悲悯相交融的文字里，我看到了一个泣血的心灵与一个流泪的悲者在进行着一场关于感恩、关于感动、关于亲情、关于友情的对话。而这样的对话过程，则被一次次的余震所打断。每一次余震，就会将生者向迈向死亡的路上推进一步。在这样的生死瞬间，他的身体夹在了缝隙中，可即使这样，他的大脑没有停止思考。

76 个小时，是我们每日三餐，或工作、或娱乐、或写作、或思考的一段时光，每日里经历着同样的故事，遇着不同样的人，虽然苦乐自知，时有不如意、不满足，却没想到他的 76 个小时是那样艰难。也许我们都经历过等待，比如去等待一场电影的播放，哪怕是放映前的 5 分钟，我们都会变得那样焦急；比如出差去登机，哪怕是上了飞机再等 10 分钟起飞，我们同样变得那样焦虑；比如去等一位朋友，哪怕是坐在饭桌旁再等 20 分钟，我们或许会沉不住气而打个电话询问何时到来。可我们能想象到西闽的 76 个小时吗？一个人，无论白天还是黑夜，只有他自己。忍受饥渴，忍受孤独，忍受恐惧。只能倾听自己的心跳，还有心灵的回声。

在《幸存者》中，他描述着震前银厂沟美丽的风景，这风景被后来的瞬间黑暗所淹没，所以这风景就变得那样值得怀恋。当他从缝隙中看到一缕光、听到了人声，却没有迎来救他的人们。于是，在愤怒之后，在黑夜中他看到自己变白的头发，他在梦境中回忆着生活中的一幕幕。他挚爱的父母亲朋，他年轻的妻子和幼小的女儿，他朝夕相处的战友，还有那些令他伤怀的情景……

他对亲人、对这个世界充满了眷恋，他知道自己还有未完成的工作，那些期待着他新书的读者，都让他难以割舍。他写道：

"我难道真的死了？

我的挣扎和呼喊是我的魂魄在做最后的努力？

我在冰冷的黑暗中大嚎起来，我不相信我还会号叫，我相信我的嚎声里充满了对生活的眷恋，这个世界上还有我深爱的人，还有我未写完的书稿，可一刹那间和我隔绝了。我的身体在往下沉，在一个深不可测的黑洞里缓缓下沉……"

他知道自己不能放弃，在一次次袭来的黑暗里，他时而陷入绝望，时而又思考着活着的尊严和死的尊严，在飘浮与虚空之中徘徊，终于又回到残酷的现实，只能一个人在黑夜里舔着自己的伤口。而当他终于获救后，他又能在重生的那一刻，想起另外的一些幸存者。

我深信，一位作家，如果没有悲天悯人的写作情怀，不管他的文字多么华丽，文采多么飞扬，永远也不能成为一个好作家。而悲悯大地，心系与自己同命运的人们，并用自己手中的笔将这种经历写出来的作家，就是一个有良知的人，一个文格与人格相统一的人。

在这部以叙述为主的文学作品中，我既没有读到那些恐怖与悬疑密布、细节与情节贯穿的小说里的语言，也没有用挑剔的眼光去审视这部被称作文学作品的写作特色与构思是否精巧，却能时时从淳朴与流畅的字里行间体会到因文字的感染力而带来的心灵的震颤。他的善和感恩与恶和虚伪展开了冲突，既救赎了自己，也救赎了别人。正如尼采所说：高贵的灵魂，是自己尊敬自己。

我认为，生命是有极限的。西闽在挑战极限的同时也挑战了他自己。在他自己构筑的心灵净土上，他就是王者。我没有忘记叔本华"没有人生活在过去，也没有人生活在未来，现在是生命确实占有的唯一形态"这样的名句，也深知除了错过的美妙爱情之外，或许没有人愿意回忆自己的过去。也许，逝去的一切满含着无限的伤痛。写下这些文字，不免要回顾那些曾经遭遇过的丑恶的、虚伪的、痛楚的、友善的、关怀的、牵挂的每一个瞬间。曾经担心伤害到西闽，然而这样的思虑确实有些多余。他是坚强的，如同他走过的人生之路。他把自己那些残存在头脑中的、隐藏在身体里的那些该抛弃的东西都能一并地抛开，而代之以心灵和肉体的重生。并在写作中延续着他生命的快乐，在他设计的情节中深沉地投入，他把生命和灵魂的风骨高高地挂起，在每一次让心灵远行的时刻，让灵魂驻足。

在《幸存者》中他写道："我以前也有过一些生死经历，但都没有这次给我的震撼和恐惧来得那么深刻。"他把这些经历融进了他的文字，剖开了自己的内心世界，向熟知的和不熟知的人们敞开了心扉，那种真实，与当下个别为文者的虚伪形成了鲜明的对比。正因为他写出了那些感受，他才有了"释放了内心的恐惧，减轻了内心的痛苦"的感悟。其实，勇敢地面对死亡需要无畏的勇气，能够逃离死亡的纠缠则是一种幸运。在驱逐了阴霾之后，他在现实的世界里，真实地活着，继续吮吸着自然的甘霖、赏悦着天空与大地的风景、观看山中彩蝶飞舞、静听小桥细水流音、享受远方父母亲情的暖意、品味咫尺妻女欢快的笑声，告别前世的忧伤，在今生里前行。我想西闽前世一定是做了许多善事，才能拥有这样的幸运和幸福吧。

成功不是终点　只是一个过程

《新的人生》一书的作者赵志刚，曾经患有高血糖等多种病症，在他为自己选择了一种锻炼的方式后，仅在 45 天的时间里体重就减掉了 70 斤，10 年后见到他时，与 10 年前简直判若两人。不仅在外形上发生了很大变化，他的身体也变得强壮起来。直到现在，每个周末他仍然坚持到香山去爬山或在小区附近健步走。自主锻炼身体，已经形成了他的一种习惯，也让他开启了新的人生。

寻找心中的红叶，让内心变得强大，首先要安排好自己的生活，让生活充实起来。对于生活中自己最看重的人和事，都要记在心上，尤其是自己的身体。没有好的身体，就没有能力实现自己的梦想。给自己设定生活的目标，按照这些目标的要求，循序渐进地去实施，那些自认为棘手的问题，很快就会得到解决。

一个最浅显的道理就是，健康是做事的基础，只有拥有健康，才能享受快乐，快乐之心经常带来宽容，心情的愉悦也是健康心理的一种体现。健康也是人格健全，安静、平和，待人诚恳，处事冷静适度。能做到这一点就要舒展身心，养成多喝水、多休息的好习惯，不仅让身体得到休息，也让心理得到缓冲，使身体和精神都有足够的养分，做一个有能力应付各种环境的人。

一个善于学习的人，一定具备谦逊、诚恳的良好素养，只有这样，才能有机会得到他人的帮助，才能有机会进步，才能获得成功。一是要多向书本请教，多读一些有关成功人士的文章，多从他们的成功中复制一些经验，多看看他们成功之后的生活是否是自己希望拥有的那种理想生活。每天一定要留出一部分时间用来读书，当你有了收获之后，就会为自己从读书中找到方法和捷径而感到欣慰；二是多向成功人士请教。在遇到难题时一定不要自己钻牛角尖，要把自己设定的目标和实现目标的方法写出来，让那些成功人士多提意见，如果他们的意见切合实际，一定要接受，千万不要固执己见。成功人士的经验值得学习，他们在走向成功过程中遭遇过的失败教训值得吸取。

一个不会表达自己的人，经常会遭受误解，也就谈不上成功。如果善于表达自己，又能做到良好地沟通，就会引起陌生人的注视，也会给别人以被重视的感觉。生活中很大一部分是需要用语言来表达的，如果不懂得问候，也不善于发送邮件，更不懂得礼尚往来之道，久而久之，则与身边的人疏远。想做一个优秀的人，不管从事什么职业，都应该利用互联网搜集信息，发送信息，表达自己。一个能够运用微博私信、手机微信和腾讯QQ等工具进行沟通的人，成功的概率也比较高。

满怀自信迎接生活，才有机会获得成功。对于一个心胸豁达的人来说，成功不是终点，只是一个过程，距离目标越近，成功的路越艰难，也容易失去信心，因此需要给自己鼓劲加油，最要紧的是不能失去信心。可以给自己树立一个标杆，让他或者她成为自己的榜样，可以向榜样看齐，但一定不要拿自己和别人进行比较。越是比较，越容易气馁；越是气馁，越没有信心。要学会从学习中找到乐趣，从工作中感受乐趣，从自信中享受乐趣。乐趣多了快乐也多，快乐多了效率自然提高，迈向成功目标的距离就更近一些。

心中的红叶不只是旅途中遇到的最难忘的那件事，也不只是心底里封存的那个故事，它是用友情和宽容填充的一种生活，更让生活成为奇迹的一种幸福。

第八章

在水筑的灵魂里缅想

　　一个执着的人，不管做什么都会成功，因为内心的强大，让她不会畏惧各种困难，她会将外在的美丽和内在的气质还有那如水的灵魂、平淡的心情刻印在与之接触的人们的记忆中，就像一朵花，只要待放，不管是否有雨水的滋润，也不管是否有阳光的照耀，想开就开了。

独自体会人生的苦与甘

　　我没见过马宇龙，但我读过他的书。从《天倾残塬》到《秋风掠过山岗》，一路走来，宇龙的文字更加洗练，小说结构更加完美，人物的塑造更加形象化。以至读的时候，仿佛看到他带着一丝淳朴的微笑和深邃凝重的思索，从大西北的荒原走上草木茂盛的中国文坛。

　　我没想象过见到马宇龙的情景会是怎样，但我在他所设计的小说情节里读到他的完美。他的小说以一个家族百年历史的荣辱兴衰为内容，描写了主人公洪大兵由一个民族小手工业者经历民主革命、抗日战争、解放战争、"文化大革命"及改革开放等历史沧桑，逐步成长为社会主义的新型工人，以及他的后代在改革开放的大背景下遭遇下岗失业、宦海沉浮的挣扎与喘息，其中穿插了主人公与三个女人的爱情纠葛及婚姻变故，读来令人荡气回肠，难以释怀。他以手中之笔更迭历史沧桑，在文字间拓垦一片新的乐土，为读者写下了一个与众不同的故事。于是，阅读的同时，与他一起体验人物的悲与伤，一起走过世纪的风风雨雨。

　　在作者手记中他写到：人活一世，草木一秋。当荒山秃岭上

谁的人生没烦恼

那些坟冢渐次隆起时，一些热血澎湃、肝肠寸断的故事也就落下帷幕。长江滋润的男人和高原养育的女人在历经磨难之后重逢，又一起走过了半个世纪的风风雨雨……小人物、小故事、小生活。这是一部关于中国平民的心灵史和挣扎史。作者就是以这样的主线，在章节里以今昔对比、情景对比、人物对比的手法，展开描写和叙述，并使作品在四个方面形成了和谐的统一。

　　一是远景与近景的协调统一，二是人物性格与特征的统一，三是景物描写与心理描写的和谐统一，四是空间和时间的统一。在这四个和谐统一的基础上，他用流畅的笔触，回顾历史，展现一个时代里人物的悲伤欢乐，对以洪大兵等为主线的人物的描写，使读者了解了在那样的时代，也许一个生命的诞生就意味着要经受无尽的磨难，这是无法改变的事实。而洪小军等年轻人对待生活和爱情的态度，构成了一幅生动的近景。远景与近景的对照，更加揭示了旧时代人民生活的悲凉、女子凄惨的命运、战争痛苦的磨难，新时代人们的平和以及在这种平和背后不同情境下人们的生活现状。当久儿、二娘、董婆子这些个性鲜明的人物一个个跃然纸上时，使人物的性格与所处时代的特征和谐地统一在一起。小说不仅仅写出了一个家族的挣扎史，也刻画了以尚进为典型的基层干部在腐败面前，不甘于随波逐流，在正义与腐败之间展开的较量，那种斗争尽管没有硝烟，但是绝不亚于一场激烈的战斗。也许，在笼罩着硝烟的背后，朦胧中传来一首歌谣："皑皑白雪，皎若云间月，闻君有两意，故来相决绝。"会是怎样的意境？而在宇龙的小说里，不时夹杂着的许多歌谣、唱腔更衬托了宁静与喧嚣、幸福与凄怆的种种复杂的人物情感与色彩。

如果说宇龙的小说与众不同，或者说创新手法，那就是他能够充分利用时空交叉的写法，将空间和时间的线索，放在一个立体的角度，引领读者从一个场景里走出，又进入到另一个似曾相识的场景里，这种以创作的方式构思出的时空差别，即使时光飞逝，而人物的出现、历史事件的发生，都在时间的隧道里盘桓，而每一章节的跳跃式情境是在一个完全立体的空间里进行的，他将复杂的人物纠葛和频繁发生的事件统一在一个空间的思维程序里，由过去至现在，再由现在回到过去，写作手法极其独特。

抛开上述这些写作特色，宇龙的小说在情节的构思和人物的设计上也有匠心独运之处。

一部优秀的作品，不仅重在情节，也重在人物设计。宇龙小说对情节的设计让读者仿若置身其中，如同站在历史的同一个岸堤上与久儿、大兵等经历着同样的磨难，在悠远的岁月里过着相同的日子，真实得如同读者就是洪大兵家的邻居，洪家从盛到衰，又从艰苦的磨难中走出，其间跌宕起伏的过程，这个邻居就是最好的见证人。

而作者在小说中所设计的人物尽管为情节和故事服务，但在人物贯穿情节的同时，每个人物都有其鲜明的特色。作为一名功底扎实的小说家，他能够真正地把小说艺术通过文字转化成人物个性性格的写真。读他的小说，犹如欣赏一位妙笔丹青的画家，通过绘画艺术展现着人物的全貌，所不同的是，在宇龙的文字里阅读，不仅了解人物的外貌，也揭示出人物的内心世界。这种外在与内在的和谐统一，使宇龙的小说起到了画家所不能得到的效果。

难道宇龙的小说就没有缺陷？回答是肯定的，没有。为什么会这样说呢？

在宇龙的小说里，我们没能读到大段的人物肖像描写。这是《秋风掠过山岗》与其他小说的最大区别。一般小说家在人物肖像的描写上，不外乎整体式的描绘、局部式的描绘和烘托式的描绘，宇龙在小说中突破了这些描写上的屏障，在人物的各种情态下，自然地流露，淡淡地着笔，使作品中的人物在质朴的形象下又充满了一丝神秘，这样就给读者留下了想象的空间，带动着读者去思考，而不是让读者在慵懒的阅读中去享受。

也许，小说的世界，就是以一个虚构的故事，加上作者灵动的语言，辅以灵活的人物，而展现一个逼真的艺术世界。所以，有人说："小说是虚构的，然而又是逼真的。它是现实的，又是艺术的。"用这样的词句形容宇龙的小说其实再恰当不过了。而赏读宇龙的小说，会找到与此观点的不同之处。首先，宇龙的小说不是虚构的。那是对一个家族的挣扎史的真实再现。因而不仅仅是逼真的，且在某种程度上超乎了逼真的范围。甚而读者会认为那里的久儿就是作者的外祖母，大兵就是外祖父……其次，小说是现实的，可以说是历史与现实的完整统一。既是历史情景的再现，又是现实社会的写真。小说的艺术性如画家作画，且超乎画家之上，有其独到的艺术特色，因而也就吸引了观众——读者这一群体，使他们在阅读之后犹如坐在剧场里观看着一幕优秀话剧的谢幕，始终不愿离去，所谓余韵未尽，绕梁三日，《秋风掠过山岗》独具魅力。

有评论家认为《秋风掠过山岗》是一部中国平民的心灵史和挣扎史。小说人物众多，性格鲜明，既有历史的沧桑厚重感，又有浓郁的时代气息和现代生活的五光十色。相比《天倾残塬》，小说艺术上更趋成熟，背景更为开阔，内容更为丰富，语言更为娴熟。

走过春季，在炎夏里再次赏读宇龙的小说，犹如秋风吹过，一丝凉爽拂掠心间。站在现实世界的山岗，回顾历史的沧桑，好似曾经爬过的山，走过的路，辛酸甘苦自知。一个人如此，一个家族如此，一个民族更是如此。也许，远望，需要的是开阔的胸襟；回顾，需要十足的勇气。

看到宇龙遒劲有力的字迹，那代表着一个人的性格。他是那种不畏困难，锲而不舍地追求文字真谛的人，工作是他的事业，写作是他的生命，追求完美的人生是他的品格。

宇龙还年轻，他的血管里流动着充满青春激情的血液，他质朴的文字里展现着一辈又一辈人的喜怒哀乐，那些平凡的人，那些高尚真挚的情，那些根植于人们内心的各种怨怼情怀，在他的笔下游走，相信在未来的无数个秋日里，在北方掠过的秋风里，他会不断地看风、听风、赏风、捕风，收获秋天赠予的累累硕果。

执着　让内心变得强大

一位智者说："不要自找麻烦地去寻求新事物、新朋友或者是新衣服。去找旧的，回归旧有之物。万物并没有改变，变的是我们。衣帽可以卖掉，但思想应该保留。"思考之后，觉得很有道理。一个内心平静的人，无论做什么，都是安稳的，因为他从来不会去计较得失，这种泰然的处世态度，就是一种生活品位。

去乡间居住的时候，我在村路上走过，看着小路两侧的田地，葱绿一片，天空是那么高远，湛蓝得让我不禁拿出手机拍照。当阳光在头顶照耀的时候，天空和大地似乎融成了一体，那一刻，我觉得自己脱离了尘世，没有了烦恼，心灵也得到了净化。于是，住在农家小院里，就像住进了高档酒店，最奢侈的生活不是物质的丰厚，而是心灵的充实。

我们都不是圣人，也不能脱俗，可是，我们完全可以找到片刻的宁静，给心灵一个放松的机会。这种感觉，多年前也曾经有过。那是与一位名叫慕容的姐姐一起坐在一家淡雅而又富有异国情调的餐厅里，品尝着羊肉米饭辣白菜和土豆泥的香味时的感受。

匆匆的两个小时飞逝而过，当我们分手道别的时候，慕容姐姐从包里拿出带给我的礼物——她的第一本散文集《花想开就开了》送给了我，让我感到一丝欣慰。在返回单位的途中，迫不及待地翻开阅读着，那个如水般恬静的女子，一个如诗般深刻的女人，一个喜欢让花带给自己喜悦的大姐，立即印在了脑海里。

文友阿明大哥曾经在文章里盛赞慕容姐姐："想必慕容一定是位深得同学信任和喜爱的'中学女教师'；想必慕容一定是位垂情缪斯、辛勤耕耘，而且极富艺术天赋的'喜欢文学的中学女教师'；想必慕容一定是位位品位高雅、情趣广泛、周身洋溢着无穷青春活力的'热爱生活、喜欢文学的中学女教师'；想必慕容一定是位能够仔细品味人生、愿意坦诚面对生活、渴望世界充满爱心的'美丽善良、热爱生活、喜欢文学的中学女教师……'"初读这些语句之时，我还不认识慕容姐，曾经不止一次地在脑海里幻想着能够称得上这些美句的女子就是一位奇女子，也是热爱生活的女子。

当我拿到她的书，从那些富含哲理的美丽文字里，读到了平淡如水的心情以及洋溢在生活里的那种编织的心情，"对待友情如同织毛衣，只要有一根绵长的线，只要有一份平心静气的心情，只要有兴致不懈地织着，就有一份美丽在等着你"。她给我们描绘了生活和友情的一幅画，而且栩栩如生。

关于美丽，她有自己的观点："有些东西真的是永远不要走近，也许美丽确实需要距离。"因为"忧伤也是一种美丽，一种动人心弦的美丽，如同月亮上的那些阴影，是它眼中忧伤的阴霾，是它心里莫名的酸楚，是它美丽的一部分"。在生命的历程中，或许我们每一个人都在寻找那条长河，在寻找的过程中，去

花有开放的时候，
也有凋零的一刻，
不管多么刻骨铭心，
都难免走向枯萎，
所以，
爱情需要宽容和理解。

赵明／摄

生活中，总有一道幸福的大门随时会关上，
门里藏着失落、失意和抑郁，可是，
每当这道幸福之门被关闭之时，也会有另外 一道大门在不知不觉间敞开，
接纳我们的不愉快，拂走过往，带给我们新的感觉。

赵明／摄

体验人生，寄托情感，从而留下无数的思索。而慕容在生命中"思念那条丰沛的河，思念它的满盈，思念它痛快淋漓的宣泄，思念它永不回头的倔强，思念它大江东去的气魄，思念它迂回的河湾处轻轻泛动的柔情，思念它堤岸旁曾经翠绿着的青春"。并在思念的过程中，她感悟着自己变得成熟了，还保留着"一颗纯净的心"。她"学会了思索，学会了清醒地活着"，却并不"过分繁华也不萧索"，因为她的心和河床一样，对源头的雪山怀着坚定的信任。

于是，她将自己比喻成一只鸟，"在它的啁啾声中感动和陶醉"。在对鸟的比喻中，阐释着爱的含义。"爱是一种眷恋，爱是一种牵挂，就像鸟儿依恋蓝天，就像黑尾鸥依恋湖水。"而"爱是执着的，就像候鸟的迁徙，在秋季清练如洗的苍空上，一队队由北向南地飞，认准一个方向，不惧千山万水，不惧日晒雨淋，历尽一季的艰险，只为那一声温暖的呼唤"。她将爱的内涵流泻于笔端，在水筑的灵魂里边走边想，蕴涵着信任的力量，续写着生命的悲歌。

如果一个女人能用文字抒发着悠悠琴曲，让生命在淡化中变得柔韧，让潮湿的风和浓浓的咖啡装点依旧无邪的心，正如那花，想开就开了。该是怎样的一种心境！我在惊叹于慕容对于语言的驾驭能力的同时，更从那些富有哲思的语言中去解读她那于平淡中所拥有的恬淡心绪，还有那份于喧嚣的尘世中对洗尽岁月的铅华后所保有的那份清醒以及对文学写作的执着。

一个执着的人，无论做什么都会成功，因为内心的强大，让她不会畏惧各种困难，她会将外在的美丽和内在的气质还有那如水的灵魂、平淡的心情刻印在与之接触的人们的记忆中，就像一朵花，只要待放，不管是否有雨水的滋润，也不管是否有阳光的照耀，想开就开了。

就像那些真诚的文字，它们会打动读者的内心，让其动容，因为，一颗热爱文字的灵魂相遇到另一颗热爱文字的灵魂。于是，浮躁的心竟然渐渐地有了一点宁静。它能躲避那些纷乱和嘈杂甚至来自最亲近的人们之间的伤害，将一份大气、豁达与坦然以及纯净而美好的心灵毫无保留地展示出来。

即使贫穷　也要热爱生活

曾经读过一本心灵鸡汤，其中有一段话让我记忆犹新：哪怕贫穷，你也要热爱生活。不管你的生活有多卑微，面对它们吧！继续生活下去；不可逃脱，也不能抱怨。生活还不及你坏呢，你最富有的时候，它反而最贫瘠。人若爱找茬儿，天堂也能被他挑出毛病，反射在那里窗上的落日光芒，和照在有钱人家窗上的阳光是一样的亮堂，门前的积雪也同样都是在早春融化。

无论贫穷还是富有，都应该快乐地生活下去，并给生活带来一些色彩，才是心灵透亮的元素之一。

多年前，每当有时间的时候，我会观看中央电视台经济频道《交换空间》栏目，这是一款倡导自主动手、节俭装修为理念的服务类节目，这个节目是一档贴近普通电视观众，让所有的电视观众重新认识家庭装修的乐趣，推广绿色环保装修，同时促进人与人之间的理解和友谊的节目。在观看的过程中，我跟随着参与活动的两个家庭一起感受着他们的快乐。两家互换空间进行的装修，在 48 小时之内按照有限预算完成装修任务。参与节目的两家人不仅在 48 小时内交换了住所空间，还让他们更多地体会到了另外一种积极的生活方式，另外一种对生活的热爱。

当主持人王小骞带领两家人分别走进自己交换装修过的家时，我们总是能够看到这样一幅激动人心的画面：男主人激动得睁大了双眼，女主人兴奋得流下了眼泪，他们几乎不敢相信自己的眼睛。"这还是我自己的家吗？"客厅、卧室、厨房或者书房，每一个角落都发生了变化。比如墙上换了颜色，多了一些装饰；比如餐桌换了形状，或者客厅的风格完全有了新的改变，这一新奇的变化，让男女主人总是惊讶不已。在发表幸福感言后，一丝满足和快乐洋溢在他们的脸上。

简单的交换，换来的是一种全新的体验和快乐。也许幸福的方式有很多种，交换空间给节目里的男女主人带来的却是一种全新的幸福体验。

李银河教授对幸福的定义是——在我看来，幸福有两个要素：身体的舒适与精神的愉悦。她认为"生活适度就是福"。更具体地说，"物质上吃得饱穿得暖，有很多精神的享受，比如音乐啊、美术啊、看书看电影啊。电视剧《潜伏》，我看了，还有电影《阿凡达》《拆弹部队》，我都看了，很不错，感觉精神很充实，所以很幸福。在不同的年龄阶段，幸福感是不同的。年轻的时候，可能很看重爱情。随着年龄增长，到了中年、晚年，更注重精神上的平和宁静。这是不同人生阶段对幸福的理解"。

其实，与物质生活的幸福相比，精神幸福更重要。我的一位女友曾经给我讲过这样一件事，她的邻居夫妇，是一对恩爱夫妻，丈夫去国外学习了三年，妻子独自带着孩子，很辛苦。三年后，丈夫回来的时候，为妻子买了整整一皮箱的时髦服装，可是妻子连看都不看一眼，丈夫不明白，问妻子："在国外我舍不得给自己花钱，但是我给你买了这么多衣服，难道你感受不到幸福？"妻子回答："幸福不是你给我买了多少衣服，而是每天清晨醒来的时候，能看到你睡在床上。"

很多时候，我们换位思考一下，幸福也许是沙漠里的一口水，或者是雨季里的一把伞；幸福也许是冬日里的一丝暖阳，也可能是炎夏里的一丝清风，幸福的程度，完全取决于体验幸福的那个人。于是，我们得出了一个结论：无论贫富，只要开心，快乐就会写在脸上，因为生活还要继续，人人都喜欢阳光灿烂的日子。

付出　也是一种回报

　　2007 年的冬天，漫天飞雪，路上的积雪随着狂风飘舞着，不时会遇到一个雪堆。路面不宽，仅可以通过两台车。那天，我独自开车行驶在这个城乡接合部的地带，车窗内外一片混沌。对面开过来一辆大货车，货车的司机在经过我的车子时，突然加速，路上的积雪卷了起来，盖在了我的前挡风玻璃上，车里顿时一片黑暗。我在惊吓之余，镇静地握着方向盘，让车子直线行驶，免得掉进路边的沟里。

　　车子向前行驶了一会儿，车上的积雪才随着车子的颠簸以及大风的吹拂散落，能够看清前方道路的时候，心里才松了一口气。虽然这件事已经过去了多年，每每回想起来，仍然心有余悸。后来，每当在路上看到疯跑着的大货车，我会忧虑个别司机的素质实在堪忧。而我听说一位独自开车的男子，在乡间小路上遇见一位上了年纪的老妇人，对老妇人的关心，让我油然而生敬意。

　　那是一个傍晚，这名工作地点在一个小村落里的先生，独自开着自己的旧车行驶在乡村公路上，边开车边思索自己今后的生活，工厂效益很差，许多人已经离开了这里，可是他不想离开。

坐落于这个村子的厂址附近，有一片墓地，他的父母双双安葬在那里。而这个村子，就是他童年时生活的地方，他熟悉这里的一草一木，每天开着车子在路上行驶的时候，他会看着小路两侧的树木，欣赏着熟悉的风景。即使车灯坏掉的时候，在晚上经过这里，他也能清晰地找到回家的路。

这一天，很冷，到了傍晚的时候，雪花弥漫天际。他着急回家，破旧的车子却很慢。向前开着的时候，他看到昏暗中站着一个老妇人。天这么黑，她为什么站在路中间？他停下车，走到老人面前，问她是否需要帮助。老妇人打量着他，虽然他面带微笑，可是他的衣着太寒酸，老妇人忧虑地看着他，心里却想了很多。

这样一个昏沉沉的傍晚，荒郊野外，这个潦倒的男人会伤害自己吗？难道真的指望他会帮助自己？老妇人在思考中犹豫着。男人看着不远处停着的那辆车，再次问老妇人是否需要帮忙。老妇人指着车子说自己的车爆胎了。男人看了看车胎，问老妇人车里是否有备胎？老妇人说有。男人说自己可以帮助她，并且报上了自己的名字布莱恩。他将老妇人的轮胎拿出来，帮她换轮胎。外面天气很冷，他让老妇人到车里等。然后，自己钻到车子下面，放上了千斤顶。当他拧螺丝时，老妇人摇下车窗，友好地跟他攀谈，他的手不小心蹭破了一块皮，衣服也沾上了泥。老妇人看着这一切，对他说不知道该怎么感谢他才好，她问他应该收多少钱，只要他说出数字，她都会给他。可是他只是微笑着对她说：自己以前曾经得到过别人的帮助，现在对有困难的人进行帮助是自己的生活原则，是很自然的一件事，没有考虑到钱的问题。如果她真的想报答自己，就去帮助其他有困难的人。轮胎换好后，老妇人什么也没说，开着车子走了。他看着老妇人的车子走远，开始发动自己的旧车，朝着家的方向驶去。老妇人开了不远，见到了前边的亮光，那里是一家很小的咖啡厅。她停下车子，走了进去。女服务员热情地迎接了她，并给她拿来一条毛巾，让她把头发擦干，因为粘在头发上的雪花在屋子的暖意里化成了水，滴落在老妇人的脸颊。老妇人打量着女服务员，看到她怀着身孕，虽然拖着沉重的身子，仍然面带微笑地为她服务，老妇人很感动，她想起了帮助自己的布莱恩，决定为这位女服务员做点什么。

老妇人吃了一些甜点，喝了一杯咖啡后，递给女服务员一张百元钞票让她找零，女服务员回到收银台找到零钱返回时，老妇人已经离开了咖啡厅。正站在那里疑惑时，却看到了纸巾下压着的四百元钞票，纸巾上写着：这是你应该得到的，我也接受过别人的帮助，希望你能继续帮助别人，将这份爱心传递下去。女服务员手里捧着纸巾和四百元钞票，因为感动，热泪盈眶。

当女服务员忙完了一天的工作，走出咖啡厅的时候，丈夫开着一辆旧车接她。他说自己已经做好了晚饭，等着她回家去吃。丈夫将妻子扶到车的后座上，车子颠簸着驶离了咖啡馆。

晚上回家，丈夫说对不起妻子，没能挣到更多的钱养家，妻子说自己遇到了好心人，今晚一位老妇人给了四百元钱，可是，老妇人怎么会知道自己正需要这些钱呢？布莱恩记起了曾经帮助过的那位老妇人，一定是她给妻子这笔钱让他们渡过难关的。

世上很多事情就是这么奇妙，因果之间，很多人难以预料，也猜测不到。帮助了别人，就等于帮助自己。因为付出了真心，也会得到真心的回报。

幸福不是一场虚幻的梦

我们能想到的关于幸福的事，随着年龄的增长，似乎越来越少。于是，有人开始四处追逐幸福，其实幸福就在我们身边。

心理学家黄希庭教授认为："幸福感是十分复杂的心理活动。首先，幸福感是一种愉悦、快乐的心理状态，而不是忧愁、恐惧、痛苦的；它是喜乐的，美滋滋的。其次，幸福感是一种感悟，可以学习的，可以交流传递的，也可以激发的，可以说是一种认知过程。再次，幸福感是一种追求，是人类对美好生活、前途的追求。人们追求美好生活，达到的目标是幸福，追求的过程也是幸福的。"

不同的人对幸福有着不同的理解。20 世纪 70 年代的年轻人，在结婚的时候，在家具的选择上有特别的要求，而其他条件则不高；80 年代，年轻人要求"三转一响带咔嚓"，虽然与后来的生活有很大差距，但也比 70 年代有所提高。进入 90 年代，全套的家用电器如果不买齐，可能女方无论如何也不会嫁给对方，因为对她来说，没达到心目中的幸福指数。现在的青年人结婚，除了房子之外，要有车子和票子，他们认为享受人生才是幸福的生活。

对一个孩子来说，幸福有着梦幻般的色彩。小时候去农村走亲戚，我们都玩过捉迷藏，躲在草丛里等着被人找到的那种惊险和刺激；到被割倒的麦子地里疯跑，然后坐在麦垛上啃着烧熟的玉米棒，童年的快乐在心头洋溢。虽然童年很快乐，但是也有失落的时候，看到小伙伴们买了新的玩具，或者家里客人带来了小人书，都让我们羡慕不已，如果自己能在小伙伴中也拥有这些，就会变得快乐起来，一种优越感在心里升腾。

如果童年时期，我们的快乐就是那些简单的物质生活，到了青少年时期，我们开始了思考，有了自己的思想，我们对幸福的判断不仅局限于简单的物质生活，而且需要精神世界的充实。比如荣誉、情感，等等，这些都是我们所需要的。

青年时代我们对自己感到不满意，对生活感到不满足。当我们参加学校的晚会，遇到了能歌善舞的舞伴，一起共舞，看到同学们投来艳羡的目光，心里就会自豪一阵子，期盼着下一次这样的时刻仍然能够到来。相反，如果一场校园舞会中，坐了冷板凳，就会失落很久。

当我们走向成熟，既不看重表面上那些物质的满足，也不会在情感中注入更多的虚荣，而是更加注重心灵的感受，当爱情瓜熟蒂落后，婚姻和家庭的责任让我们在肩负重任的同时，也体验着幸福，尽管对于每一个人来说，都不可能逃避生老病死的结局，但是人们仍然愿意去感受那种隐藏其中的幸福感受，虽然幸福不是时时充满甜蜜，其中也掺杂着苦涩。

字典里幸福的定义是幸运或好运，但我认为幸福更好的定义是感受快乐的能力。更多地享受我们拥有的一切，我们就能更多地享受幸福。多数时候，我们往往忽略了来自身边的爱，那些简单的生活，与家人团聚的日子，与友人相伴的日子，包括我们的身体是否健康，都容易被忽视。

每一个人都有属于自己的幸福时光，我的幸福时光就是在安静的房间里，写着自己的文字，然后，给家人做出可口的饭菜，等着他们回来。当他们在外面工作了一天，而我也写作了一天后，我希望和他们聊天，听他们讲述一些有趣的故事，这一时刻，我觉得自己很幸福。

昨天，我去医院做治疗，回来的路上，顺道去了同学工作的学校，在她的办公室里聊了不久，铃声响起，我很惊诧。我问她为什么这个时候打铃，她说下班的时候都打铃。从学校离开很久，已经不熟悉铃声了，此刻却感到很亲切。每个人记忆里都有一些值得回味的东西，虽然久远，却仍幸福。我从铃声里看到了青春年华里我的校园，那些与学生们在一起的快乐日子，总会勾起太多的回忆，这样忆念着的时候，就是一种幸福。

其实，我们都不知道什么时候会得到幸福，也不知道幸福会在人生的哪一站等着我们，可是我们仍然在不断地追求，因为追求，我们知道幸福是那么可贵，许多看似微小的事情同样会构成我们生活中的大幸福。哪怕路人一个善意的微笑，与朋友相聚得开心，还有与父母一起逛街的美妙时光，都会让我们感悟幸福的滋味。

当我们生活在都市里，感受繁忙的工作带来的心理压力时，一定要给自己留出休闲的时光，工作着应该是快乐的，可是工作带来的压力也是不可避免的，忙里偷闲，即使是做家务，也是休闲一刻。很多人把家务劳动视为繁重的体力劳动，对于都市人来说，脑力劳动太多，忽视了体育锻炼，从家务劳动的过程中也能得到身体的锻炼，确实是一举多得的好事。

人们不幸福的原因，是他们感受的痛苦太多，对自己的要求也很高，将幸福变得复杂化，其实幸福在复杂中也能做到简单。最佳方法是将幸福与财富分开，将幸福与做个成功人士分开，简单地生活，尽心地工作，享受幸福的时刻就会很快到来。因为，缅想幸福本来就不是一场梦幻。

在砥砺完美人格中驱散烦恼

"充满魅力的人格是世间最具震撼力的品质，流芳千古的伟大人物们无不具有此种特性；完美的人格才是历史镌刻英雄史诗的丰碑。"这是胡适先生推荐给每一个青年人的圣典。而历练完美的人格，让生存更富有意义，让活着更加真实，这就需要我们不断地提高自己，让人格充满魅力，让人生更加真实。

搜遍家中的藏书，偶尔发现，2002年秋在北师大学习期间从京城书店里背回来的《砥砺完美人格》一书，竟然还没阅读。遗憾之后，拜读此书，爱不释手。该书的作者奥格·诺迪曼先生是成功学的继承者和开拓者，并依靠个人奋斗成为美国杰出的企业家、演说家和作家，著作甚丰，无数人从他的书中获得启迪和力量，并由此而走上挑战自我、改善命运的成功之路。

在诺迪曼先生的笔下，人格具有无穷的魅力，高尚的人格能够消除思想中的错误，摆脱不愉快的困扰，永远丢掉自卑，毫不犹豫地抛弃仇恨，收获生活的乐趣，创造成功的奇迹。因而，高尚的人格将造就出真正的伟人。

诺迪曼先生对人格的无穷魅力得出的结论是：人格，使一个人的魅力得以展现，使一个人的道德影响得以产生，使一个人能赢得世人的尊重；人格，是一个人征服世界的武器，是一个人崇高地位的基础，是一个人真正的桂冠和荣耀。而我们也有足够的理由相信：人格也是一个人最高贵的财产，它构成了人的地位和身份，它更是一个人在信誉方面的全部财产。人格，使社会中的每一个职业都成为荣耀，使社会中的每一个岗位都受到鼓舞。人格，比任何财富更具有威力，具有完美人格的人会更显著地赢得别人对他的信任和尊敬。所以，一个人的人格可以产生无穷的魅力，并将影响到每一个人的一生。

我们常说：知识就是力量。而人格也是一种力量。甚至，完美的人格有时会超越知识之上。试想：一个没有完美人格的人，能否为人类造福？回答是否定的。没有完美人格的人，正如没有灵魂的精神，没有行为的才智，没有善行的聪明，不可能用所拥有的知识造福于人类。据报载，曾经有一名药物学硕士参与了研制毒品的罪恶勾当，犯下了危害人类的滔天罪行。我们不能不承认其学识水平很高，其知识积累丰厚，然而，其灵魂是丑陋的，行为是盲目的，聪明是邪恶的，凡此种种，都对这个社会产生了极坏的影响。由此可见，高尚而完美的人格是多么重要！

一个具有崇高生活目的和思想目标的人，毫无疑问，会比一个根本没有目标而盲目地生存的人更加有所作为。因此，每一个在社会上生存的人都会把拥有美好的品格作为人生的最高目标之一，并为这一目标的最终实现而不懈地努力奋斗，尽管目标的高低因人而异。我因此而相信：将高尚的人格融入自己的工作之中的人们，都会认真细致地做好每一件事，并为自己的诚实正直和道义良心而感到自豪。

诺迪曼先生还告诫我们：在生活的道路上，小心谨慎和时刻留意以防养成恶习是十分必要的。一位俄国作家曾经比喻道："习惯就是一串珍珠，打开了一个结，珍珠就会全部散落。"所以，要在塑造自身完美人格的同时，摈弃自身的恶习，学会用宽容去赢得一切。正如一个伟大的人，以他对待小人物的方式，来表达他的伟大。所以，要牢牢记住：和我们来往的不是逻辑的人物，和我们来往的是充满感情的人物，是充满偏见骄傲和虚荣的人物。要学会用微笑去对待每一个人，这也是诺迪曼先生赠予我们的启示。

生活得快乐与否，完全取决于个人对人、事、物的看法，因为，生活是由思想构成的。在诺迪曼的书中，侧重地强调了三百年前密尔顿的观点："思想的运用和思想的本身，就能把地狱造成天堂，把天堂造成地狱。"他将拿破仑和海伦·凯勒作为最好的佐证：拿破仑拥有一般人所追求的一切——荣耀、权力、财富，可是他对圣海莲娜说："我这一生从来没有过一天快乐的日子。"而海伦·凯勒——又聋又哑，却表示："我发现生命是这样的美好。"所以，画家丰子恺的精妙比喻我认为很恰当："圆满的人格像一个鼎，真善美好比鼎的三足。对每一个人而言，美是皮肉，善是经脉，真是骨肉，这三者支撑起一个大写的人。"

当我们以积极的心态和善良诚实去对待任何人、任何事，以勤劳自制和自信去开拓自己的事业，就会有足够的勇气迎接生活的挑战，并在不断的砺炼中使人格得以完美的升华，最终实现人生的价值和目标。